卞尺丹几乙し丹卞と
Translated Language Learning

Alices Abenteuer im Wunderland

不思議の国のアリスの冒険

Lewis Carroll

ルイスキャロル

Deutsch / 日本語

Runter in den Kaninchenbau
ウサギの穴を下って

Alice fing an, sehr müde zu werden
アリスはすごく疲れ始めていました
Sie saß neben ihrer Schwester auf der Grasbank
彼女は芝生の土手に姉のそばに座っていました
aber sie hatte nichts zu tun
しかし、彼女は何もすることがありませんでした
Ihre Schwester las ein Buch
彼女の妹は本を読んでいました
Ein- oder zweimal schaute Alice in das Buch
一度か二度、アリスは本を覗き込んだ
aber das Buch enthielt keine Bilder oder Gespräche
しかし、その本には写真や会話はありませんでした
"Was nützt ein Buch ohne Bilder?", dachte Alice
「写真のない本に何の役に立つの?」とアリスは思いました
"Warum sollte ein Buch keine Gespräche führen?"
「なぜ本には会話がないのだろう?」
Aber sie hatte noch andere Dinge zu bedenken
しかし、彼女には他にも考慮すべきことがありました
"Es wäre ein Vergnügen, eine Kette aus Gänseblümchen zu machen"

「ヒナギクのチェーンを作るのは楽しいでしょう」
"Aber lohnt es sich, aufzustehen und die Gänseblümchen zu pflücken??"
「でも、起きてヒナギクを摘む努力はあるのだろうか??」
Das war nicht so leicht zu denken
これは考えるのはそれほど簡単ではありませんでした
weil sie sich an diesem Tag schläfrig und dumm fühlte
なぜなら、その日は彼女を眠くて愚かに感じさせていたからです
aber plötzlich wurden ihre Gedanken unterbrochen
しかし、突然、彼女の思考が中断されました
ein weißes Kaninchen mit rosa Augen lief nah an ihr vorbei
ピンクの目をした白ウサギが彼女のそばを走っていました

Es war nichts übermäßig Bemerkenswertes an dem Kaninchen
ウサギについて過度に注目に値するものは何もありませんでした
und Alice fand das Kaninchen auch nicht bemerkenswert
そしてアリスはウサギも注目に値するとは思いませんでした

auch überraschte es sie nicht, als das Kaninchen sprach
ウサギが話したときも彼女は驚きませんでした
»O je! Ich werde zu spät kommen!« sagte er zu sich selbst
「あらまあ！もう手遅れだ！」と彼は自分に言い聞かせた
aber dann tat das Kaninchen etwas, was Kaninchen nicht tun
しかし、その後、ウサギはウサギがしなかったことをしました
das Kaninchen zog eine Uhr aus der Westentasche
ウサギはチョッキのポケットから時計を取り出した
Er schaute auf die Uhr und eilte dann weiter
彼は時間を見て、急いで走りました
Alice erhob sich erstaunt
アリスは驚いて立ち上がった
Sie hatte noch nie zuvor ein Kaninchen mit Weste gesehen!
彼女はそれまでチョッキを着たウサギを見たことがありませんでした！
noch hatte sie je ein Kaninchen mit einer Uhr gesehen!
また、時計をつけたウサギも見たことがありませんでした。
Alice brannte vor neuer Neugierde
アリスは新たな好奇心に燃えていました
und sie rannte über das Feld hinter dem Kaninchen her
そして、ウサギの後を追って野原を横切って走りました
Sie kam gerade noch rechtzeitig, um das Kaninchen verschwinden zu sehen
彼女はちょうどウサギが消えるのを見るのにちょうど間に合いました
Das Kaninchen hüpfte in einen großen Kaninchenbau hinab
ウサギは大きなウサギの穴に飛び降りました
Im nächsten Augenblick stürzte Alice hinter dem Kaninchen her!
次の瞬間、アリスがウサギを追いかけました！
Der Kaninchenbau ging geradeaus wie ein Tunnel
ウサギの穴はトンネルのようにまっすぐに続いていました

und der Tunnel ging noch eine Weile weiter
そして、トンネルはしばらく続きました
und dann senkte sich der Weg plötzlich hinunter
そして、道は突然下り坂になりました
Alice hatte keinen Augenblick, daran zu denken, ob sie sich
zurückhalten sollte
アリスは自分を止めようと考える暇さえありませんでし
た
Sie fiel hin und hinunter und hinunter
彼女は自分がどんどん落ちていくことに気づきました
Es schien, als sei sie in einen sehr tiefen Brunnen gefallen
まるで彼女がとても深い井戸に落ちてしまったかのよう
だった
Entweder war der Brunnen sehr tief, oder sie fiel sehr
langsam
井戸が非常に深かったか、または彼女は非常にゆっくり
と落ちました
denn sie hatte viel Zeit zum Fallen
彼女が落ちる時間は十分あったからです
Als sie fiel, konnte sie sich umsehen
彼女が落ちているとき、彼女は周りを見回すことができ
ました
Zuerst versuchte sie herauszufinden, wohin sie ging
まず、彼女は自分がどこに向かっているのかを理解しよ
うとしました
aber der Brunnen war zu dunkel, um etwas zu sehen
しかし、井戸は暗すぎて何も見えませんでした
Dann blickte sie auf die Seiten des Brunnens
それから彼女は井戸の側面を見ました
Und sie bemerkte, dass überall um sie herum Schränke
standen
そして、彼女は周りに食器棚があることに気づきました
und rings um den Brunnen waren Bücherregale
そして井戸の周りには本棚がありました
Hier und da sah sie Karten und Bilder, die an Pflöcken
hingen

彼女はあちこちで、ペグに掛けられた地図や絵を見ました
Im Vorbeigehen nahm sie ein Glas aus einem der Regale
彼女は通り過ぎるときに棚の一つから瓶を降ろした
Das Glas wurde für seinen Inhalt gekennzeichnet
瓶にはその内容物にラベルが付けられていました
"MARMELADE AUS ORANGEN"
「みかんから作るマーマレード」
Aber zu ihrer großen Enttäuschung war das
Marmeladenglas leer
しかし、彼女が非常に失望したことに、マーマレードの
瓶は空でした
Sie wollte das leere Marmeladenglas nicht fallen lassen
彼女は空のマーマレードの瓶を落としたくなかった
und ihr Fall war sehr langsam
そして彼女の落下は非常に遅かった
So schaffte sie es, das Marmeladenglas in einen der
Schränke zu stellen
それで彼女はなんとかマーマレードの瓶を食器棚の1つ
に入れることができました
Nieder, hinunter, hinunter fiel sie!
下、彼女は落ちる！
Würde der Fall jemals ein Ende haben?
この堕落はいつか終わるのだろうか？
Es gab nichts anderes zu tun
他にやることがなかった
so fing Alice bald an, mit sich selbst zu reden
だからアリスは、すぐに独り言を言い始めました
»Dinah wird mich heute abend sehr vermissen, sollte ich
meinen!«
「ダイナは今夜、僕をとても恋しく思うだろう、僕は思
うべきだ！」
Dinah war Alices Katze
ダイナはアリスの猫だった
»Ich hoffe, sie werden sich an ihre Untertasse mit Milch zur
Teezeit erinnern.«

「ティータイムに彼女のミルクの受け皿を覚えているこ
とを願っています」
»Dinah, meine Liebe, ich wünschte, du wärst hier unten bei
mir!«
「ダイナ、愛する人、あなたが私と一緒にここにいてく
れたらいいのに!」
Alice fühlte, als würde sie einschlafen
アリスは居眠りをしているように感じました
Und dann plötzlich, dumpf! Bums!
そして突然、ドスン!ゴツン!
Sie fiel auf einen Haufen Stöcke
彼女は棒の山の上に落ちました
und sie landete auf einem Haufen trockener Blätter
そして彼女は乾いた葉の山に着地しました
Und endlich war der lange Sturz in das Loch vorbei
そしてついに、穴への長い落下が終わった
Alice war kein bisschen verletzt
アリスは少しも傷ついていませんでした
und sie sprang in einem Augenblick auf
そして彼女はすぐに飛び上がった
Sie blickte auf, aber es war alles dunkel über ihr
彼女は顔を上げたが、頭上は真っ暗だった
Vor ihr lag ein weiterer langer Korridor
彼女の前には、また長い廊下がありました
und das weiße Kaninchen war noch in Sicht
そして、白ウサギはまだ見えていました
Er eilte den Korridor hinunter
彼は廊下を急いでいた
Es war kein Augenblick zu verlieren
一瞬たりとも迷うことはありませんでした
davonlief Alice wie der Wind
風のようにアリスを走らせた
um die Ecke drehte sich das Kaninchen
角を曲がったところでウサギが回った
Sie kam gerade noch rechtzeitig, um das Kaninchen zu
hören

彼女はちょうどウサギの声を聞くのに間に合いました
"Oh, meine Ohren und Schnurrhaare"
「ああ、私の耳とひげ」
"Wie spät es wird!"
「もう遅くなってきた！」
Sie war dicht hinter dem Kaninchen
彼女はウサギのすぐ後ろにいました
Sie bog um eine weitere Ecke
彼女は別の角を曲がった
aber das Kaninchen war nicht mehr zu sehen
しかし、ウサギはもう見えませんでした
Sie befand sich in einer langen, niedrigen Halle
彼女は自分が長くて低いホールにいることに気づきました
Der Saal wurde von einer Reihe von Deckenlampen erleuchtet
ホールは天井のランプの列で照らされていました
Überall im Saal gab es Türen
ホールのいたるところにドアがありました
aber alle Türen waren verschlossen
しかし、すべてのドアは施錠されていました
Sie ging den ganzen Weg an der einen Seite des Flurs hinunter
彼女は廊下の片側をずっと歩いていった
Und sie war den ganzen Weg auf der anderen Seite des Flurs hinaufgegegangen
そして彼女はホールの反対側までずっと歩いてきました
Sie hatte jede Tür ausprobiert
彼女はすべてのドアを試しました
Und sie ging traurig in der Mitte des Saales entlang
そして彼女は悲しそうに廊下の真ん中を歩いていきました
"Wie komme ich da mal wieder raus?"
「どうやってまた出られるのだろう？」

Plötzlich stieß sie auf einen kleinen Tisch
突然、彼女は小さなテーブルに出くわしました
Der Tisch wurde komplett aus massivem Glas gefertigt
テーブルは全体が無垢のガラスでできていました
Auf dem Tisch lag nichts als ein winziger goldener Schlüssel
テーブルの上には小さな金の鍵以外は何もありませんでした
Der Schlüssel könnte zu einer der Türen gehören!
鍵はドアの1つに属している可能性があります！
Aber ach! Einige der Schlösser waren zu groß für die Schlüssel
しかし、悲しいかな！一部のロックはキーに対して大きすぎました
und für die anderen Schlösser war der Schlüssel zu klein
そして他のロックについては、キーが小さすぎました
aber auf jeden Fall öffnete der Schlüssel keine der Türen
しかし、いずれにせよ、鍵はどのドアも開かなかった
Aber was sollte sie tun?
しかし、彼女は何をすべきだったのでしょうか？
Sie ging wieder durch den Saal

彼女は再びホールを通り抜けた
Und diesmal bemerkte sie einen niedrigen Vorhang
そして今度は低いカーテンに気づいた
Hinter dem Vorhang war eine kleine Tür
カーテンの向こうには小さなドアがありました
Die Tür war etwa fünfzehn Zoll hoch
ドアの高さは約15インチでした
Sie probierte den kleinen goldenen Schlüssel im Schloss aus
彼女は鍵の中の小さな金色の鍵を試しました
Und zu ihrer großen Freude passte der Schlüssel ins Schloss!
そして、彼女が大いに喜んだことに、鍵は錠に収まりました！
Alice öffnete die Tür
アリスはドアを開けた
und sie fand, daß die Tür in einen kleinen Korridor führte
そして、ドアは小さな廊下に通じているのを見つけました
Der Korridor war nicht viel größer als ein Rattenloch
廊下はネズミの穴ほどの大きさではありませんでした
Sie kniete nieder und blickte den Korridor entlang
彼女はひざまずいて廊下を見つめた
Und sie sah den schönsten Garten, den du je gesehen hast
そして、彼女はあなたが今まで見た中で最も美しい庭を見ました
wie sehr sie sich danach sehnte, aus dieser dunklen Halle herauszukommen
彼女はその暗いホールから出ることをどれほど切望していたか
wie sie sich wünschte, zwischen diesen leuchtenden Blumen zu wandern
彼女はその明るい花の間をさまよいたかった
Wie cool die Erfrischung dieser Brunnen aussah
その噴水がさわやかに見えたのはなんとクールだったことでしょう
aber sie konnte nicht einmal ihren Kopf durch die Tür stecken

しかし、彼女は戸口から頭を出すことさえできませんで
した
»Oh,« sagte Alice traurig
「あら」とアリスは悲しそうに言いました
»wie sehr wünschte ich, ich könnte mich zusammenfalten
wie ein Fernrohr!«
「望遠鏡のように折りたたむことができたらどんなにい
いのに！」
"Ich glaube, ich könnte mich zusammenfalten wie ein
Teleskop"
「望遠鏡のように折りたたむことができると思う」
"Wenn ich nur wüsste, wie ich anfangen sollte"
「始め方がわかればいいのに」
Alice ging zurück an den Tisch
アリスはテーブルに戻りました
Es bestand die Möglichkeit, einen weiteren Schlüssel zu
finden
別の鍵を見つけるチャンスがありました
Oder es gibt ein Buch mit Regeln
あるいは、ルールの本があるかもしれません
Das Buch könnte ihr sagen, wie man sich wie ein Teleskop
zusammenfaltet
その本は、望遠鏡のように折りたたむ方法を彼女に教え
てくれるかもしれません
Diesmal fand sie ein Fläschchen
今回は小さなボトルを見つけました
"Diese Flasche war gewiß vorher nicht hier," sagte Alice
「このボトルは確かに前にはなかった」とアリスは言い
ました
Und um den Flaschenhals war ein Papieretikett gebunden
そしてボトルの首に巻かれていたのは紙のラベルでした
Das Etikett war wunderschön in großen Buchstaben
gedruckt
ラベルは大きな文字で美しく印刷されていました
"TRINK MICH"
「飲んで」

»Nein, ich werde erst nachsehen«, sagte sie
「いや、まず見るよ」と彼女は言った
"Ich werde sehen, ob die Flasche als giftig gekennzeichnet ist oder nicht."
「ボトルが毒物と表示されているかどうか確認します」
weil sie die Lektion über das Gift nie vergessen hat
彼女は毒についての教訓を決して忘れなかったからです
"Wenn eine Flasche als giftig gekennzeichnet ist, wird sie Ihnen bestimmt nicht zustimmen"
「ボトルに有毒なラベルが付けられている場合、それはあなたに同意しないに違いありません」
Diese Flasche war jedoch nicht als giftig gekennzeichnet
しかし、このボトルは有毒とマークされていませんでした
so wagte Alice es, den Inhalt der Flasche zu kosten
そうアリスは思い切ってボトルの中身を味わってみました
Sie fand die Flüssigkeit ganz nach ihrem Geschmack
彼女はその液体が自分の好みにかなり合っていると感じました
Das Getränk hatte einen gemischten Geschmack
飲み物は一種の混合フレーバーを持っていました
Kirschkuchen, Vanillepudding und Ananas
チェリータルト、カスタード、パイナップル
Gebratener Truthahn, Toffee und Toast mit heißer Butter
ローストターキー、タフィー、トーストとホットバター
und bald trank sie die Flasche aus
そして彼女はすぐにボトルを飲み干しました
"Was für ein merkwürdiges Gefühl!" sagte Alice
「なんて不思議な感じなの！」とアリスは言いました
"Ich klappe mich zusammen wie ein Teleskop!"
「望遠鏡のように折りたたまれてる！」
Und sie faltete sich tatsächlich zusammen wie ein Teleskop!
そして、彼女は本当に望遠鏡のように折りたたまれていました！
Sie war jetzt nur noch zehn Zentimeter groß

彼女の身長は今やわずか10インチでした
und ihr Gesicht erhellte sich bei ihren Gedanken
そして彼女の顔は彼女の考えに明るくなりました
Jetzt hatte sie die richtige Größe für das Türchen
今、彼女は小さなドアにふさわしいサイズになりました
Jetzt konnte sie in diesen schönen Garten gehen
今、彼女はその美しい庭に入ることができました
Bald hörte sie auf, kleiner zu werden
すぐに彼女は小さくなるのをやめました
Sie beschloß, sofort in den Garten zu gehen
彼女はすぐに庭に行くことにしました
aber wehe der armen Alice!
しかし、悲しいかな、かわいそうなアリスにとっては！
Sie kam zur Tür
彼女はドアに着きました
Aber sie hatte den kleinen goldenen Schlüssel vergessen
しかし、彼女は小さな金の鍵を忘れていました
Sie ging zurück zum Tisch, um den Schlüssel zu holen
彼女は鍵を取りにテーブルに戻った
aber sie merkte, daß sie nicht hoch genug greifen konnte
しかし、彼女は十分に高いところに到達できないことに
気づきました
Sie konnte den Schlüssel ganz deutlich durch das Glas sehen
彼女はガラス越しに鍵をはっきりと見ることができました
Sie versuchte, die Beine des Tisches hinaufzuklettern
彼女はテーブルの脚を登ろうとした
Aber das Glas war viel zu rutschig
しかし、ガラスはあまりにも滑りやすかったです
Irgendwann erschöpfte sie sich mit dem Versuch
結局、彼女は努力して疲れ果ててしまいました
Und das arme kleine Mädchen setzte sich hin und weinte
そして、かわいそうな少女は座って泣きました
Alice sprach ziemlich scharf mit sich selbst
アリスはやや鋭く独り言を言いました

"Komm, es hat keinen Zweck, so zu weinen!"
「さあ、そんなに泣いても無駄だよ！」
"Ich rate dir, gleich aufzuhören!"
「今すぐやめるように忠告するよ！」
Sie gab sich im Allgemeinen sehr gute Ratschläge
彼女は一般的に自分自身に非常に良いアドバイスをしま
した
obwohl sie nur sehr selten ihren eigenen Rat befolgte
しかし、彼女は自分のアドバイスに従うことはめったに
ありませんでした
und sie war manchmal zu streng mit sich selbst
そして、彼女は時々自分自身に厳しすぎることがありま
した
und ihre Worte trieben ihr Tränen in die Augen
そして彼女の言葉は彼女の目に涙を浮かべました
Bald fiel ihr Blick auf einen kleinen Glaskasten
すぐに彼女の目は小さなガラスの箱に落ちました
Der kleine Glaskasten lag unter dem Tisch
小さなガラスの箱はテーブルの下に横たわっていました
In dem Glaskasten befand sich ein sehr kleiner Kuchen
ガラスの箱の中には、とても小さなケーキが入っていま
した
Auf dem Kuchen waren einige Worte schön geschrieben
ケーキの上には、いくつかの言葉が美しく書かれていま
した
die Worte waren in Johannisbeeren markiert worden
その言葉はスグリでマークされていました
"MICH ESSEN"
「イート・ミー」
"Nun, ich werde den Kuchen essen," sagte Alice
「じゃあ、ケーキを食べちゃうよ」とアリスは言いまし
た
"Und wenn mich der Kuchen größer werden lässt, kann ich
den Schlüssel erreichen"
「そして、ケーキが私を大きくするなら、鍵にたどり着
くことができます」

"Und wenn mich der Kuchen kleiner werden lässt, kann ich unter die Tür kriechen"
「そして、ケーキが私を小さくするなら、私はドアの下に忍び込むことができます」
"Also so oder so komme ich in den Garten"
「だから、いずれにせよ、庭に入るよ」
"Und es ist mir egal, was von beidem passiert!"
「そして、どちらが起こっても構わない！」
Sie aß ein wenig von dem Kuchen
彼女はケーキを少し食べました
und sie sprach ängstlich zu sich selbst:
そして彼女は心配そうに独り言を言いました。
"In welche Richtung? In welche Richtung?"
「どっち？どっちに？」
und sie hielt die Hand auf den Kopf
そして彼女は頭に手を当てました
Sie wollte spüren, in welche Richtung sie wuchs
彼女は自分がどちらに成長しているのかを感じたかったのです
Sie war ganz überrascht, als sie erfuhr, was geschehen war
彼女は何が起こったのかを知って非常に驚いていました
Sie war gleich groß geblieben!
彼女は同じサイズのままだった！
Also verdoppelte sie dieses Mal ihre Bemühungen
だから今回は、彼女は努力を倍増させた
Und bald war der ganze Kuchen fertig
そしてすぐに彼女はケーキ全体を食べ終えました

Der Pool der Tränen
涙のプール

"Das wird immer interessanter!" rief Alice
「だんだん面白くなっちゃったね!」とアリスは叫びました

Man kann sehen, dass sie sehr überrascht war
彼女がとても驚いていたのがわかります

"Ich öffne mich wie das größte Teleskop, das es je gab!"
「今までで最大の望遠鏡のように、私は開いています!」

»Auf Wiedersehen, Füße! Oh, meine armen kleinen Füße"
「さようなら、足!ああ、私のかわいそうな小さな足」

"Ich frage mich, wer euch jetzt die Schuhe anziehen wird, meine Lieben?"
「これからは、誰があなたのために靴を履いてくれるのかな?」

»und ich frage mich, wer Ihre Strümpfe anziehen wird?«
「それで、誰が君のストッキングを履くのだろう?」

"Ich werde viel zu weit weg sein"
「私はかなり遠く離れてしまうでしょう」

"Ich werde mich nicht mehr um dich kümmern können"
「もう君のことで悩むことは許されない」

In diesem Augenblick schlug ihr Kopf gegen etwas
ちょうどこの瞬間、彼女の頭が何かにぶつかった

Sie hatte das Dach des Saales erreicht
彼女はホールの屋上にたどり着いていた

Tatsächlich war sie jetzt mehr als zwei Meter groß
実際、彼女の身長は2メートル以上になっていました

und sie ergriff sogleich den kleinen goldenen Schlüssel
そしてすぐに小さな金の鍵を取り上げました

und sie eilte zur Gartentür
そして彼女は庭のドアに急いで行きました

Arme Alice! Es gab nicht viel, was sie tun konnte
かわいそうなアリス!彼女にできることはあまりありませんでした

Sie legte sich auf die Seite

彼女は片側に横たわった
Und sie blickte mit einem Auge in den Garten hinein
そして彼女は片目で庭を覗き込みました
Aber durchzukommen war hoffnungsloser denn je
しかし、それを乗り越えることは、かつてないほど絶望的でした
Sie setzte sich und fing wieder an zu weinen
彼女は座り、再び泣き始めました
Sie fuhr fort, literweise Tränen zu vergießen
彼女は何ガロンもの涙を流し続けました
Bald war ein großer Pool um sie herum
すぐに彼女の周りには大きなプールができました
und das Wasser reichte bis zur Hälfte des Flurs
そして水は廊下の半分まで達しました
Nach einer Weile hörte sie ein leises Getrappel von Füßen
しばらくすると、彼女は小さな足のパタパタという音を聞いた
Sie hörte die Füße aus der Ferne kommen
遠くから足音が聞こえた
Und sie trocknete sich hastig die Augen, um zu sehen, was kommen würde
そして彼女は急いで目を乾かし、これから何が起こるかを見ました
Es war das weiße Kaninchen, das zurückkehrte
白ウサギが戻ってきた
Er war prächtig gekleidet
彼は立派な服装をしていました
Er hatte ein Paar weiße Handschuhe in der einen Hand
彼は片手に白い手袋を持っていました
Und in der anderen Hand hatte er einen großen Federfächer
そして、もう片方の手には大きな羽根の扇子を持っていました
Er kam in großer Eile dahergetrabt
彼は大急ぎで小走りでやって来ました
und er murmelte vor sich hin: »Ach! die Herzogin, die Herzogin!«

そして彼は独り言をつぶやいた。公爵夫人、公爵夫人！
」
»Ach! wird sie nicht wild sein, wenn ich sie habe warten lassen?«
「ああ！もし私が彼女を待たせていたら、彼女は野蛮になるんじゃないの！

Als das Kaninchen in ihre Nähe kam, sprach Alice
うさぎが彼女に近づくと、アリスは話しかけました
aber sie sprach mit leiser, schüchterner Stimme
しかし、彼女は低く、臆病な声で話した
"Sir, bitte hören Sie für einen Moment auf, was Sie tun"
「先生、ちょっとおやめください」
Das Kaninchen erschrak heftig
ウサギは激しく驚いた
Er ließ die weißen Handschuhe und den Federfächer fallen
彼は白い手袋と羽根扇子を落としました
und er eilte fort in die Dunkelheit, so schnell er konnte
そして彼はできるだけ速く暗闇の中へと急いで逃げていった
Alice hob den Federfächer und die Handschuhe auf
アリスは羽根扇子と手袋を拾い上げました
Und sie fächelte sich immer wieder Luft zu, während sie

sprach

そして、彼女は話し続けながら自分自身を扇ぎ続けました

»Liebes, liebes Kind! Wie seltsam ist das alles heute!"

「ああ、ああ！今日は何もかもがなんと奇妙なことでしょう！」

"Gestern ging es weiter wie bisher"

「昨日はいつも通りのことだった」

"War ich heute Morgen noch so, als ich aufgestanden bin?"

「今朝起きたときも私も同じだったの?」

"Aber wenn ich nicht mehr derselbe bin, dann ist das eine andere Frage"

「でも、もし私が同じでないなら、また別の疑問がある」

"Wer in aller Welt bin ich?"

「私はいったい何者なの?」

"Ah, das ist das große Rätsel!"

「ああ、それは素晴らしいパズルだ!」

Während sie das sagte, blickte sie auf ihre Hände hinunter

そう言いながら、彼女は自分の手を見下ろしました

Sie trug einen der kleinen weißen Handschuhe des Kaninchens

彼女はウサギの小さな白い手袋をはめていました

Sie hatte nicht bemerkt, dass sie den Handschuh angezogen hatte, während sie sprach

彼女は話しているときに手袋をはめたことに気づいていませんでした

"Wie konnte ich das machen?" dachte sie

「どうしてそんなことができるの?」彼女は思った

"Ich muss wieder klein werden"

「また小さくなってきたんだろうな」

Sie stand auf und ging zum Tisch, um ihre Größe zu messen

彼女は立ち上がり、テーブルに行って身長を測りました

Sie stellte fest, dass sie jetzt etwa einen halben Meter groß war

彼女は今、自分の身長が約50メートルであることに気づ

きました
und sie schrumpfte immer noch schnell
そして、彼女はまだ急速に縮小していました
Bald fand sie heraus, was die Ursache für das Schrumpfen war
彼女はすぐに、縮小の原因が何であるかを見つけました
Der Federfächer machte sie wieder kleiner!
羽根の扇子が彼女を再び小さくしていました！
Und sie ließ hastig den Federfächer fallen
そして彼女は急いで羽根扇子を落としました
Sie ließ den Federfächer gerade noch rechtzeitig fallen, um sich zu retten
彼女は自分を救うために、ちょうど間に合った羽根扇子を落としました
Hätte sie sich noch länger Luft zugefächelt, wäre sie völlig zusammengeschrumpft
もし彼女がこれ以上自分を扇いでいたら、彼女は完全に縮んでいただろう
»Das war ein knappes Entkommen!« sagte Alice
「あれは辛うじての逃げ道だったのに！」とアリスは言った
und sie erschrak sehr über die plötzliche Veränderung
そして、彼女は突然の変化にかなり怯えていました
aber sie war sehr froh, daß sie noch da war
しかし、彼女は自分がまだ存在していることに気づき、とても嬉しかったです
"Und jetzt ab in den Garten!"
「さあ、庭へ行こう！」
Und sie lief mit aller Geschwindigkeit zurück zu der kleinen Tür
そして、彼女は全速力で小さなドアに走って戻った
Aber ach! Das Türchen wurde wieder geschlossen
しかし、悲しいかな！小さなドアは再び閉まりました
Und das goldene Schlüsselchen lag wieder auf dem Glastisch
そして、小さな金の鍵は再びガラスのテーブルの上に転

がっていました

"Es ist schlimmer als je!" dachte das arme Kind
「事態はかつてないほど悪化している」と可哀想な子供
は思いました

"So klein war ich noch nie, niemals!"
「今までこんなに小さくなったのは初めてだよ、絶対に
！」

Bei diesen Worten rutschte ihr Fuß aus
そう言いながら、彼女の足が滑った

Und im nächsten Augenblick gab es ein großes Plätschern!
そして次の瞬間、大きな水しぶきが上がりました！

Sie stand bis zum Kinn im Salzwasser
彼女は顎まで塩水に浸かっていた

Ihre erste Idee war, dass sie irgendwie ins Meer gefallen war
彼女が最初に考えたのは、どういうわけか海に落ちてし
まったということでした

Sie erkannte jedoch bald, worin sie sich befand
しかし、彼女はすぐに自分が何にいるのかに気づきまし
た

Sie war in einer Tränenlache
彼女は涙を流していました

die Tränen, die sie geweint hatte, als sie zwei Meter groß
war
身長2メートルの時に流した涙

In diesem Augenblick hörte sie etwas
ちょうどその時、彼女は何かを聞いた
Etwas plätscherte im Pool herum
プールで何かが飛び散っていました
Das Plätschern kam aus einiger Entfernung
水しぶきは少し離れたところから来ました
und sie schwamm näher, um zu sehen, was das Plätschern war
そして、水しぶきが何であるかを見るために近くまで泳ぎました
Bald sah sie, dass es nur eine kleine Maus war
彼女はすぐにそれがただの小さなネズミであることに気づきました
Auch die kleine Maus war ins Wasser geschlüpft
小さなネズミも水に滑り込んでしまった
Alice dachte bei sich über die Situation nach
アリスは、その状況について自分に言い聞かせました
"Würde es etwas nützen, mit dieser Maus zu sprechen?"
「このネズミに話しかけても、何か意味があるのだろうか?」
"Hier unten steht alles auf dem Kopf"
「ここは何もかもがひっくり返っている」
"Ich denke, es ist sehr wahrscheinlich, dass diese Maus sprechen kann."
「このネズミは喋れる可能性が非常に高いと思う」
"Es schadet jedenfalls nicht, es zu versuchen"
「いずれにせよ、やってみても害はない」
Also begann sie zu versuchen, mit der Maus zu sprechen
そこで彼女はネズミと話そうと試み始めました
"Oh Maus, kennst du den Weg aus diesem Pool?"
「ああ、ネズミ、このプールから出る方法を知っているか?」
"Ich bin es leid, hier herumzuschwimmen, oh Maus!"
「ここを泳ぐのはもううんざりだよ、ああ、ネズミ!」
Die Maus schaute sie ziemlich neugierig an
ネズミはやや興味津々に彼女を見つめた

Die Maus schien mit einem ihrer kleinen Augen zu blinzeln
ネズミは小さな目でウインクしているように見えました
Aber die kleine Maus sagte nichts
しかし、小さなネズミは何も言いませんでした
"Vielleicht versteht die Maus kein Englisch!" dachte Alice
「もしかしたら、ネズミは英語がわからないんじゃない
か」とアリスは思いました
"Ich wage zu behaupten, es ist eine französische Maus"
「あえて言うならフレンチマウス」
"Vielleicht kam diese Maus mit Wilhelm dem Eroberer
herüber"
「もしかしたら、このネズミはウィリアム征服王と一緒
に来たのかもしれない」
Also fing sie wieder an, auf Französisch
そこで彼女は再びフランス語で始めました
"Wo ist meine Katze?", fragte sie auf Französisch
「私の猫はどこ?」彼女はフランス語で尋ねました
es war der erste Satz in ihrem französischen Unterrichtsbuch
それは彼女のフランス語の教科書の最初の文だった
Die Maus machte einen plötzlichen Sprung aus dem Wasser
ネズミは突然水から飛び出しました
Und die Maus schien am ganzen Leibe vor Schreck zu
zittern
そして、ネズミは恐怖で全身が震えているように見えま
した
"Oh, ich bitte um Verzeihung!" rief Alice hastig
「ああ、ごめんなさい!」とアリスは急いで叫びました
Sie fürchtete, sie habe die Gefühle des armen Tieres verletzt
彼女は自分が哀れな動物の気持ちを傷つけてしまったの
ではないかと恐れていました
"Ich habe ganz vergessen, dass du keine Katzen magst"
「猫が好きじゃなかったのをすっかり忘れてた」
"Ich mag keine Katzen!" rief die Maus mit schriller,
leidenschaftlicher Stimme
「猫は好きじゃない!」ネズミは甲高い情熱的な声で叫
びました

"Hättest du gerne Katzen, wenn du ich wärst?"
「もし君が僕だったら、猫が好き？」
Alice tröstete die Maus in einem beruhigenden Ton
アリスはなだめるような口調でマウスを慰めました
"Naja, vielleicht würde ich an deiner Stelle auch keine Katzen mögen"
「まあ、もし僕が君だったら猫は好きじゃないかもしれないけどね」
"Bitte ärgern Sie sich nicht über die Erwähnung von Katzen"
「猫の話に怒らないで」
"Und doch wünschte ich, ich könnte dir unsere Katze Dina zeigen"
「それでも、私たちの猫ダイナを見せられたらいいのに」
"Wenn du sie treffen würdest, würdest du wohl Gefallen an Katzen finden"
「もし彼女に会ったら、猫に夢中になると思うよ」
"Wenn du sie nur sehen könntest"
「彼女が見えさえすれば」
"Sie ist so ein liebes, stilles Ding"
「彼女はとても愛おしくて静かな人です」
Die Maus zitterte am ganzen Körper
ネズミは全身を震わせていました
Alice war sich sicher, dass die Maus wirklich beleidigt sein musste
アリスは、ネズミが本当に気分を害しているに違いないと確信しました
"Wir reden nicht mehr über sie, wenn du lieber nicht willst"
「彼女のことはもう話さないよ、もし君が話したくなければ」
"Wir, allerdings!" rief die Maus
「ほんとうに！」とネズミは叫びました
Die Maus zitterte bis zum Ende ihres Schwanzes
ネズミは尻尾の先まで震えていました
»Als ob ich über so ein Thema reden würde!«
「まるでそんな話をするかのように！」

"Unsere Familie hat Katzen schon immer gehasst"
「うちの家族はいつも猫が嫌いだった」
"Katzen; Gemeine, niedrige, gemeine Dinger!"
「猫；意地悪で、低く、下品なもの！」
"Laß mich den Namen nicht noch einmal hören!"
「二度と名前を聞かせないで！」
"Katzen will ich ja nicht mehr erwähnen!" sagte Alice
「もう猫の話はしないよ！」とアリスは言いました
Sie hatte es sehr eilig, das Thema zu wechseln
彼女は話題を変えるのにとても急いでいました
"Bist du... Lieben Sie Hunde?«
「お前は．．．．．あなたは犬が好きですか？」
"Es gibt so einen netten kleinen Hund in der Nähe unseres Hauses."
「家の近くにこんなに素敵な小さな犬がいるよ」
"Ich möchte dir den kleinen Hund zeigen!"
「小さな犬を見せてあげたいんだけど！」
"Dieser kleine Hund tötet alle Ratten und...
「この小さな犬はすべてのネズミを殺し、そして…
»O je!« rief Alice in traurigem Tone
「あら、ねえ！」アリスは悲しそうな口調で叫びました
»Ich fürchte, ich habe dich schon wieder beleidigt!«
「また君を怒らせてしまったんじゃないかしら！」
Die Maus schwamm so schnell sie konnte von ihr weg
ネズミは全速力で彼女から離れて泳いでいました
Und die Maus machte einen ziemlichen Aufruhr im Tümpel
そして、ネズミはプールでかなりの騒ぎを起こしました
Da rief sie leise der Maus nach
だから彼女はネズミをそっと呼んだ
"Meine liebe Maus, komm bitte zurück!"
「親愛なるネズミ、戻ってきてください！」
"Und wir werden nicht über Katzen sprechen"
「そして、猫の話はしない」
"Und über Hunde müssen wir auch nicht reden"
「そして、犬の話をする必要もありません」
Als die Maus das hörte, drehte sie sich um

ネズミはこれを聞くと、振り返りました
Und die kleine Maus schwamm langsam zu ihr zurück
そして、小さなネズミはゆっくりと彼女のところまで泳いで戻ってきました
Das Gesicht der Maus war ganz blaß
ネズミの顔はかなり青白かった
Und die Maus sprach mit leiser, zitternder Stimme
そしてネズミは低く震える声で話しました
"Lasst uns ans Ufer gehen"
「岸に行こう」
"Und dann erzähle ich dir meine Geschichte"
「それから、私の歴史を話します」
"Und du wirst verstehen, warum ich Katzen und Hunde hasse"
「そして、私が猫や犬が嫌いな理由がわかるでしょう」
Es war höchste Zeit zu gehen
そろそろ行く時が来ました
weil der Pool ziemlich voll wurde
プールがかなり混雑していたからです
Andere Vögel und Tiere waren in den Pool gefallen
他の鳥や動物はプールに落ちていました
es gab eine Ente und einen Dodo
アヒルとドードーがいました
und da waren ein Lory-Vogel und ein Adler
そして、ロリーバードとイーグレットがいました
und es gab noch einige andere interessant aussehende Kreaturen
そして、他にもいくつかの興味深い生き物がいました
Alice führte den Weg aus dem Pool
アリスはプールから出る道を先導しました
und die ganze Gesellschaft der Tiere schwamm ans Ufer
そして、動物の一団は皆、岸まで泳ぎました

Ein Caucus-Rennen und ein langer Schwanz
党員集会とロングテール

Es waren in der Tat ein lustig aussehender Haufen Tiere
彼らは確かに面白そうな動物の集まりでした
und sie versammelten sich alle am Ufer des Wassers
そして、彼らは皆、水辺に集まりました
die Vögel hatten alle zerzauste Federn
鳥たちは皆、羽毛が生えていました
und die pelzigen Tiere waren durchnässt
そして、毛むくじゃらの動物たちはびしょ濡れになっていました
und alle waren triefend nass, genervt und unwohl
そして、全員が滴り落ち、濡れ、イライラし、不快でした

Es gab eine Frage, die zuerst beantwortet werden musste
最初に答えなければならない質問が1つありました
Was ist der beste Weg für alle, um trocken zu werden?
誰もが乾くための最良の方法は何ですか?
Sie hatten eine Konsultation zu diesem Thema
彼らはこの件について相談しました

Bald waren sie alle auf vertrautem Einvernehmen
すぐに彼らは皆、馴染み深い関係になりました
Es war, als ob sie sie ihr ganzes Leben lang gekannt hätte
それはまるで彼女が生涯を通じて彼らを知っていたかの
ようでした
Die Maus schien eine Person mit einer gewissen Autorität
zu sein
ネズミは何か権威のある人のようでした
"Setzt euch, ihr alle, und hört mir zu!
「皆さん、座って、私の言うことを聞いてください！
"Ich werde euch bald wieder alle trocken machen!"
「すぐにみんなを乾かしてあげるよ！」
Sie setzten sich alle auf einmal in einem großen Ring nieder
彼らは皆、大きな輪になって一斉に座りました
Und die kleine Maus saß in der Mitte
そして、小さなネズミは真ん中に座っていました
"Ähm!" sagte die Maus mit einer wichtigen Miene
「えへん！」ネズミは意味深な雰囲気で言いました
"Seid ihr bereit?"
「準備はいいですか？」
"Das ist das Trockenste, was ich kenne"
「これは私が知っている中で最も乾燥しているものです
」
»Schweigen Sie ringsum, wenn Sie wollen!«
「もしよろしければ、周りを静かにしてください！」
"Wilhelm der Eroberer wurde vom Papst begünstigt"
「ウィリアム征服王は教皇に好まれた」
"aber er wurde bald von den Engländern unterworfen"
「しかし、彼はすぐにイギリス人に服従した」
"Sie wollten in letzter Zeit Führer"
「彼らは最近、リーダーを求めていた」
"Und sie waren an Macht und Eroberung gewöhnt"
「そして、彼らは権力と征服に慣れていた」
"Edwin und Morcar, die Grafen von Mercia und
Northumbria"
「エドウィンとモルカー、マーシア伯爵とノーサンブリ

ア伯爵」
»Pfui!« sagte der Lori-Vogel mit einem Schauer
「うわっ!」とロリ鳥は震えながら言いました
"und sogar Stigand, der patriotische Erzbischof von
Canterbury"
「そして、愛国的なカンタベリー大司教のスティガンド
でさえ」
"Er fand es auch ratsam"
「彼もそれが賢明だと思った」
"Was hielt er für ratsam?" fragte die Ente
「彼は何を賢明だと思ったの?」とアヒルは言いました
"Er fand es ratsam", antwortete die Maus ziemlich verärgert
「彼はそれが賢明だと思った」とネズミはやや横柄に答
えた
aber die Ente war nicht zufrieden
しかし、アヒルは満足しませんでした
"Natürlich weißt du, was 'es' bedeutet"
「もちろん、あなたは『それ』が何を意味するか知って
います」
"Ich weiß, was es ist, wenn ich etwas finde," sagte die Ente
「何かを見つけたときの『それ』が何であるかはわかっ
ているよ」とアヒルは言いました
"Es ist in der Regel ein Frosch oder ein Wurm"
「それは一般的にカエルかミミズです」
"Die Frage ist, was hat der Erzbischof gefunden?"
「問題は、大司教が何を見つけたのかということです」
Die Maus bemerkte diese Frage nicht
マウスはこの質問に気づきませんでした
Stattdessen fuhr die Maus hastig mit der Rede fort
それどころか、ネズミは急いでスピーチを続けました
"Er fand es ratsam, mit Edgar Atheling zu gehen"
「彼はエドガー・アセリングを選ぶのが賢明だと思った
」
"um William zu treffen und ihm die Krone anzubieten"
「ウィリアムに会い、彼に王冠を差し出すために」
fuhr die Maus fort und wandte sich dabei an Alice

ネズミは続け、話しながらアリスに向き直りました
»Wie geht es dir jetzt, meine Liebe?«
「今はどうですか、お母さん?」
»So naß wie immer,« sagte Alice in melancholischem Tone
「相変わらず濡れてるわ」とアリスは憂鬱な口調で言い
ました
"Diese Geschichte scheint mich überhaupt nicht
auszutrocknen"
「この話は私をまったく乾かしていないようです」
»In diesem Falle,« sagte der Dodo feierlich und erhob sich
「それなら」ドードーは厳粛に言い、立ち上がりました
"Ich stimme dafür, dass die Sitzung vertagt wird"
「私は会議を延期することに投票します」
"und ich schlage vor, sofort energischere Heilmittel zu
ergreifen"
「そして、私はより精力的な治療法を直ちに採用するこ
とを提案します」
"Sprich wahre Worte!" sagte der Adler
「本当の言葉を話せ!」とワシは言いました
"Ich weiß nicht, was die Hälfte dieser langen Worte
bedeutet"
「あの長い言葉の半分の意味がわからない」
»und außerdem glaube ich nicht, daß Sie es wissen!«
「それに、君も知らないと思うよ!」
»Was ich sagen wollte«, sagte der Dodo in beleidigtem Ton
「何を言おうと思っていたんだ」とドードーは気分を害
した口調で言いました
"Das Beste, was uns trocken kriegt, wäre ein Caucus-
Rennen"
「私たちを乾かすのに最適なのは、党員集会です」
»Was ist ein Caucus-Rennen?« fragte Alice
「党員集会って何?」とアリスは言った

"Nun", sagte der Dodo, "der beste Weg, es zu erklären, ist, es zu tun."

「まあ」とドードーは言いました、「それを説明する最良の方法は、それをやることです。」

"Zuerst steckte der Dodo eine Rennbahn ab"

「まず、ドードーが競馬場をマークした」

"Die Strecke verlief in einer Art Kreis"

「トラックは一種の円の中にありました」

"Und dann wurde die ganze Gesellschaft entlang der Strecke platziert"

「そして、すべてのパーティーがコースに沿って配置されました」

Es gab kein "Eins, zwei, drei und weg!"

「ワン、ツー、スリー、アウェイ！」などありませんでした。

aber sie fingen an zu rennen, wann sie wollten

しかし、彼らは好きなときに走り始めました

Und sie beendeten auch, wenn sie wollten

そして、彼らはまた、彼らが好きなときに終了しました

Es war also nicht einfach zu wissen, wann das Rennen

vorbei war

そのため、レースがいつ終わったのかを知るのは簡単ではありませんでした

Nach etwa einer halben Stunde Laufen waren sie alle ziemlich trocken

30分ほど走った後、彼らはすべてかなり乾いていました

der Dodo rief plötzlich: "Das Rennen ist vorbei!"

ドードーは突然「レースは終わった！」と叫びました。

Und sie drängten sich alle um den Dodo

そして、彼らは皆、ドードーの周りに群がりました

Alle Tiere hechelten und schnauften

すべての動物が息を切らしていました

und sie alle wollten wissen: "Aber wer hat gewonnen?"

そして、彼らは皆、「しかし、誰が勝ったのか」を知りたがっていました。

Diese Frage konnte der Dodo nicht sofort beantworten

この質問にドードーはすぐには答えられなかった

Zuerst musste er sehr viel nachdenken

まず、彼は多くのことを考えなければなりませんでした

Nach langem Nachdenken sprach der Dodo schließlich

いろいろ考えた末、ついにドードーが口を開いた

"Jeder hat gewonnen, und jeder muss Preise haben"

「全員が勝った、そして全員が賞品を持っている必要があります」

»Aber wer soll die Preise geben?« fragte ein Chor von Stimmen

「でも、誰が賞品をあげるんだ？」と声の合唱が尋ねた

"Nun, sie natürlich", sagte der Dodo

「まあ、もちろん、彼女だよ」とドードーは言った

und der Dodo deutete mit einem Finger auf Alice

そしてドードーは一本の指でアリスを指しました

und die ganze Gesellschaft von Tieren drängte sich um sie

そして、動物たちの一団全体が彼女の周りに群がっていました

sie riefen verwirrt: »Preise! Preise!"

彼らは混乱した様子で、「賞品だ！賞品！」

Alice hatte keine Ahnung, was sie tun sollte
アリスは何をすべきかわかりませんでした
Verzweifelt steckte sie die Hand in die Tasche
絶望して彼女はポケットに手を入れた
Und sie zog eine Schachtel mit Süßigkeiten hervor
そして、お菓子の箱を取り出した
Glücklicherweise war das Salzwasser nicht in den Kasten
gelangt
幸いなことに、塩水は箱に入っていませんでした
Und sie reichte die Süßigkeiten als Preise herum
そして、お菓子を賞品として渡しました
Es gab genau ein Stück für jeden
みんなにぴったりのピースがありました
Das nächste, was sie tun mussten, war, die Süßigkeiten zu
essen
次にやらなければならなかったのは、お菓子を食べるこ
とでした
Dies verursachte einige Geräusche und Verwirrung
これにより、ノイズと混乱が発生しました
Die großen Vögel klagten, dass sie ihre Süßigkeiten nicht
schmecken konnten
大きな鳥たちは、自分たちのお菓子が味わえないと文句
を言いました
Die Kleinen verschluckten sich und mussten auf den
Rücken geklopft werden
小さいものは窒息し、背中を軽くたたいなければなりま
せんでした
Doch dann war es endlich vorbei
しかし、ついに終わってしまいました
Und sie setzten sich wieder in einem Ring nieder
そして、彼らは再び輪になって座りました
Und sie flehten die Maus an, ihnen noch etwas zu erzählen
そして、彼らはネズミにもっと何か教えてくれるように
頼みました
»Du hast versprochen, mir deine Geschichte zu erzählen,
weißt du,« sagte Alice

「君の歴史を教えると約束したでしょ」とアリスは言った

und sie machte noch eine kleine Bemerkung über Katzen im Flüsterton

そして、彼女はささやき声で猫について別の小さな発言をしました

Sie wollte die Maus nicht noch einmal beleidigen

彼女は再びネズミを怒らせたくなかった

die kleine Maus drehte sich zu Alice um und seufzte

小さなネズミはアリスに向き直り、ため息をついた

"Meine Geschichte ist lang und traurig!"

「私の話は長くて悲しい話です！」

»Es ist gewiß ein langer Schwanz,« sagte Alice

「確かに、長い尻尾だね」とアリスは言いました

Und sie blickte verwundert auf den Schwanz der Maus hinunter

そして、彼女は不思議そうにネズミの尻尾を見下ろしました

"Aber warum nennst du es einen traurigen Schwanz?"

「でも、なんでそれを悲しい尻尾と呼ぶの？」

Und sie rätselte unaufhörlich, während die Maus sprach

そして、ネズミが話している間、彼女はそれについて困惑し続けました

so daß ihre Vorstellung von der Geschichte ungefähr so aussah

だから、彼女の物語のアイデアはこんな感じだった

"Fury said to
a mouse, That
he met in the
house, 'Let
us both go
to law: I
will prosecute
you.—
Come, I'll
take no denial:
We must have
the trial;
For really
this morning
I've
nothing
to do.'
Said the
mouse to
the cur,
'Such a
trial, dear
sir, With
no jury
or judge,
would
be wasting
our
breath.'
'I'll be
judge,
I'll be
jury,'
said
cunning
old
Fury; 'I'll
try
the
whole
cause,
and
condemn
you to
death.'"

Fury sagte zu einer Maus, die er im Haus getroffen hat."

フューリーはネズミに言った、彼は家で会ったと」

Lasst uns beide vor Gericht gehen: Ich werde euch anklagen

私たち二人が法律に訴えましょう：私はあなたを起訴します

Kommen Sie, ich leugne es nicht: Wir müssen den Prozeß haben

さあ、私は否定しません：私たちは裁判を受けなければなりません

Denn heute morgen habe ich wirklich nichts zu tun

本当に今朝は何もすることがないんだ

Sagte die Maus zum Pfarrer;

ネズミは呪いに言った。

Ein solcher Prozeß, lieber Herr, ohne Geschworene und Richter, würde uns den Atem rauben

そのような裁判は、親愛なる旦那様、陪審員も裁判官も

いない状態で、私たちの息を無駄にするでしょう
»Ich werde Richter sein, ich werde Geschworener sein«,
sagte der schlaue alte Fury
"私は裁判官になる、私は陪審員になるだろう"と狡猾な
古いフューリーは言った
Ich werde die ganze Sache prüfen und dich zum Tode
verurteilen
私はすべての原因を試し、あなたを死に追いやる
die Maus sprach streng zu Alice
ネズミはアリスに厳しく話しかけました
"Du passt nicht auf!"
「あなたは注意を払っていません!」
"Woran denkst du?"
「何を考えてるの?」
»Ich bitte um Verzeihung,« sagte Alice sehr demütig
「ご容赦ください」とアリスはとても謙虚に言いました
»Sie waren in der fünften Kurve angelangt, glaube ich?«
「5番目の曲がり角にたどり着いたんじゃないかな?」
"Du beleidigst mich, indem du so einen Unsinn redest!"
「そんな馬鹿げたことを言って、私を侮辱する!」
Und die Maus stand auf und ging weg
そして、ネズミは立ち上がって立ち去りました
Alice rief der kleinen Maus hinterher
アリスは小さなネズミを呼んだ
"Bitte komm zurück und beende deine Geschichte!"
「戻ってきて、あなたの話を終わらせてください!」
Und die andern stimmten alle in den Chor ein
そして、他のメンバーも全員合唱に参加した
"Ja, bitte beenden Sie Ihre Geschichte!"
「はい、どうかあなたの話を終わらせてください!」
Aber die Maus schüttelte nur ungeduldig den Kopf
しかし、ネズミは苛立たしげに首を振るだけだった
Und die kleine Maus ging ein wenig schneller
そして、小さなネズミは少し速く歩きました
"Ich wünschte, ich hätte Dinah, unsere Katze, hier!" sagte
Alice

「ここに猫のダイナがいたらいいのに!」とアリスは言
いました
Dies erregte in der Partei ein bemerkenswertes Aufsehen
これは、党の間で顕著なセンセーションを引き起こしま
した
Einige der Vögel eilten sofort davon
何羽かの鳥が一気に急いで去っていきました
und ein Kanarienvogel rief mit zitternder Stimme seinen
Kindern zu;
そして、カナリアが震える声で子供たちに呼びかけまし
た。
»Kommt fort, meine Lieben!«
「さあ、さあ、私の愛する人たち!」
"Es ist höchste Zeit, dass ihr alle im Bett seid!"
「そろそろみんなベッドに入る時間だよ!」
Mit verschiedenen Ausreden gingen sie alle weg
さまざまな言い訳をして、彼らは皆去っていきました
und Alice war bald allein
そしてアリスはすぐに一人残されました
"Ich wünschte, ich hätte Dina nicht erwähnt!"
「ダイナのことを言わなければよかった!」
"Niemand scheint sie hier unten zu mögen"
「ここでは誰も彼女を好きじゃないみたいだ」
"Aber ich bin mir sicher, dass sie die beste Katze von der
Welt ist!"
「でも、きっと世界一の猫だよ!」
Die arme Alice fing wieder an zu weinen
かわいそうなアリスはまた泣き始めました
weil sie sich sehr einsam und niedergeschlagen fühlte
彼女はとても孤独で元気がないと感じていたからです
Nach einer Weile aber hörte sie wieder etwas
しかし、しばらくすると、彼女は再び何かを聞いた
ein leises Getrappel von Schritten in der Ferne
遠くで小さな足音がパタパタと音を立てる
und sie blickte eifrig auf
そして彼女は熱心に顔を上げました

Der Hase schickt den kleinen Mr. Bill herein
ウサギは小さなビル氏を送り込みます

Es war das weiße Kaninchen, das langsam wieder zurücktrabte
それは白ウサギで、再びゆっくりと小走りで戻ってきました
Er sah sich ängstlich um, während er ging
彼は心配そうに辺りを見回していた
Er sah aus, als hätte er etwas verloren
彼は何かを失ったかのように見えた
Alice hörte, wie er vor sich hin murmelte
アリスは彼が独り言をつぶやくのを聞いた
»Die Herzogin! Die Herzogin! Oh, meine lieben Pfoten!"
「公爵夫人！公爵夫人！ああ、私の愛する足！」
"Oh, mein Fell und meine Schnurrhaare!"
「ああ、私の毛皮とひげ！」
"Sie wird mich hinrichten lassen, da bin ich mir sicher"
「彼女は私を処刑するだろう、それは確かだ」
"Genauso sicher, wie Frettchen Frettchen sind!"
「フェレットがフェレットであるのと同じくらい確実です！」
"Wo kann ich meine Sachen abgestellt haben, frage ich

mich?"
「どこに物を落としたんだろう?」
Alice erriet in einem Augenblick, was er suchte
アリスは彼が探しているものをすぐに推測しました
Er war auf der Suche nach dem Federfächer
彼は羽根の扇子を探していました
Und er suchte nach dem Paar weißer Handschuhe
そして、彼は白い手袋を探していました
So machte sie sich sehr gutmütig auf die Suche nach den Handschuhen
それで、彼女はとても気さくに手袋を探し始めました
Und sie suchte auch nach dem Federfächer
そして、彼女は羽根の扇子も探しました
Aber die Handschuhe und der Federfächer waren nirgends zu sehen
しかし、手袋と羽根扇子はどこにも見当たりませんでした
Alles schien sich verändert zu haben, seit sie im Pool geschwommen war
彼女がプールで泳いで以来、すべてが変わったように見えました
Nichts war mehr so, wie es war, seit sie in der Großen Halle gewesen war
彼女が大広間にいたときから、何も変わらなかった
und der Glastisch war verschwunden
そしてガラスのテーブルは消えていました
Und die kleine Tür war auch nicht da
そして、小さなドアもそこにはありませんでした
Sehr bald bemerkte das Kaninchen Alice
すぐにウサギはアリスに気づきました
rief er ihr in zornigem Ton zu
彼は怒った口調で彼女に呼びかけた
"Mary Ann, was machst du hier draußen?"
「メアリー・アン、ここで何をしているの?」
"Lauf in diesem Moment nach Hause"
「この瞬間に家に帰って」

"Und hol mir ein Paar Handschuhe und einen Federfächer!"
「それから、手袋と羽根扇子を持ってきて!」
"Und beeil dich!"
「そして、早くやれ!」
Alice sprach mit sich selbst, als sie davonrannte
アリスは走り去りながら独り言を言いました
"Er muss mich für sein Hausmädchen gehalten haben!"
「彼は私を彼のメイドと間違えたに違いない!」
"Wie überrascht wird er sein, wenn er herausfindet, wer ich bin!"
「彼が私が誰であるかを知ったら、彼はどれほど驚くでしょう!」
Während sie dies sagte, stieß sie auf ein hübsches Häuschen
そう言っていると、きれいな小さな家に出くわしました
An der Tür des Hauses hing eine helle Messingplatte
家のドアには明るい真鍮の皿がありました
"W. HASE"
「W. ラビット」
Sie trat ein, ohne an die Tür zu klopfen
彼女はドアをノックせずに中に入った
und sie eilte geradewegs die Treppe hinauf
そして彼女はまっすぐ二階に急いだ
sie machte sich Sorgen, dass sie die echte Mary Ann treffen könnte
彼女は本当のメアリー・アンに会えるかもしれないと心配していました
denn dann würde sie aus dem Haus gejagt werden
なぜなら、そうすれば彼女は家から追い出されるからです
Und sie würde den Federfächer und die Handschuhe nicht finden können
そして、彼女は羽根の扇子と手袋を見つけることができません
Alice hatte den Weg in ein aufgeräumtes Kämmerlein gefunden
アリスは整頓された小さな部屋にたどり着きました

Im Zimmer stand ein Tisch am Fenster
部屋には窓際のテーブルがありました
und auf dem Tisch stand ein Federfächer
そしてテーブルの上には羽根扇子がありました
Und da waren zwei oder drei Paar winzige weiße
Handschuhe
そして、小さな白い手袋が二、三組ありました
Sie hob den Federfächer und ein Paar Handschuhe auf
彼女は羽根扇子と手袋を拾い上げた
und sie war eben im Begriff, das Zimmer zu verlassen
そして、彼女はちょうど部屋を出ようとしていました
Aber dann fiel ihr Blick auf ein Fläschchen
しかし、その時、彼女の目は小さな瓶に落ちました
Sie entkorkte die Flasche und führte sie an ihre Lippen
彼女はボトルの栓を抜いて唇に当てました
"Ich hoffe, dass ich dadurch wieder groß werde"
「それがまた私を大きくしてくれることを願っています
」
"Ich bin es leid, so ein winziges Ding zu sein!"
「こんなにちっぽけなものにうんざりだ！」
Alice hatte kaum die halbe Flasche getrunken
アリスはボトルの半分をほとんど飲んでいませんでした
Ihr Kopf drückte bereits gegen die Decke
彼女の頭はすでに天井に押し付けられていた
und sie musste sich bücken
そして彼女は身をかがめなければなりませんでした
um ihr das Genick vor dem Genickbruch zu bewahren
彼女の首が折れるのを防ぐために
Hastig stellte sie die Flasche ab
彼女は急いでボトルを置いた
"Das reicht"
「もう十分だ」
"Ich hoffe, ich wachse nicht mehr"
「もう成長しないといいなぁ」
Leider! Es war zu spät, das zu wünschen!
あああ！それを望むには遅すぎました！

Sie wuchs und wuchs weiter
彼女は成長し続けました
und sehr bald musste sie sich auf den Boden knien
そしてすぐに彼女は床にひざまずかなければなりません
でした
und selbst dann wuchs sie weiter
そして、それでも彼女は成長し続けました
Als letztes Mittel streckte sie einen Arm aus dem Fenster
最後の手段として、彼女は片腕を窓から出した
und sie setzte einen Fuß auf den Schornstein
そして、片足を煙突に上げました
"Jetzt kann ich nicht mehr, was auch immer passiert"
「もうこれ以上は何もできない、何が起ころうとも」
»Was wird aus mir?«
「私はどうなるの?」

Alice hatte Glück
アリスは運が良かった
Das kleine Zauberfläschchen hatte seine volle Wirkung
entfaltet
小さな魔法の瓶は、その完全な効果を発揮していた

und Alice wurde nicht größer, als sie war
そしてアリスは彼女よりも大きくはなりませんでした
Nach ein paar Minuten hörte sie draußen eine Stimme
数分後、彼女は外で声を聞いた
Und sie blieb stehen, um der Stimme zu lauschen
そして彼女は立ち止まって声に耳を傾けた
»Mary Ann! Mary Ann!« sagte die Stimme
「メアリー・アン！メアリー・アン！」と声が言った
"Hol mir gleich meine Handschuhe!"
「今すぐ手袋を持ってきて！」
Dann ertönte ein leises Getrappel von Füßen auf der Treppe
その時、階段で足が少しパタパタと音を立てる音がした
Alice wusste, dass es das Kaninchen war, das kam, um sie zu suchen
アリスは、ウサギが自分を探しに来ているのだと知っていました
und sie zitterte, bis sie das Haus erschütterte
そして彼女は家を揺さぶるまで震えました
Sie vergaß ganz, welche Proportionen sie hatte
彼女は自分のプロポーションが何だったかをすっかり忘れていました
Sie war tausendmal so groß wie das Kaninchen
彼女はウサギの千倍も大きかった
und sie hatte keinen Grund, sich vor einem Kaninchen zu fürchten
そして、ウサギを恐れる理由はありませんでした
Bald kam das Kaninchen an die Tür heran
やがてウサギが戸口にやって来ました
Und das kleine Kaninchen versuchte, die Tür zu öffnen
そして小さなウサギはドアを開けようとしました
Die Tür begann sich nach innen zu öffnen
ドアが内側に開き始めました
aber Alices Ellbogen wurde hart gegen die Tür gedrückt
でもアリスの肘はドアに強く押し付けられていました
Dieser Versuch erwies sich als Fehlschlag
その試みは失敗を証明しました

Alice hörte, wie das Kaninchen mit sich selbst sprach
アリスはウサギが独り言を言うのを聞いた
"Dann gehe ich herum und steige durch das Fenster ein"
「じゃあ、窓から入るよ」
"Das wirst du nicht!" dachte Alice
「そんなことないよ！」とアリスは思いました
und sie wartete wieder ein wenig
そして彼女は再び少し待った
Bald hörte sie das Kaninchen gerade unter dem Fenster
すぐに彼女は窓のすぐ下でウサギの声を聞いた
Plötzlich streckte sie ihre Hand aus
彼女は突然手を広げた
Und sie machte einen Sprung in die Luft
そして彼女は空中でひったくりをしました
Sie bekam nichts in die Finger
彼女は何も持っていませんでした
aber sie hörte einen kleinen Schrei und einen Sturz
しかし、彼女は小さな悲鳴と転倒を聞いた
und sie hörte ein Krachen von zerbrochenem Glas
そして、ガラスが割れる音が聞こえた
Vielleicht war das Kaninchen gefallen
もしかしたらウサギが落ちてしまったのかもしれない
Vielleicht war er in einem Gewächshaus
もしかしたら、彼は温室にいたのかもしれません
Dann ertönte eine zornige Stimme; Die Stimme des
Kaninchens
次に怒った声が聞こえました。ウサギの声
"Pat, wo bist du?"
「パット、どこにいるの?」
Und dann ertönte eine Stimme, die sie noch nie zuvor gehört
hatte
そして、今まで聞いたことのない声が聞こえてきた
"Euer Ehren, ich bin hier!"
「閣下、私はここにいます！」
"Ich grabe nach Äpfeln"
「りんごを掘ってる」

»Hier! Komm und hilf mir da raus!"
「ここだ！助けに来て！」
»Nun sag mir, Pat, was ist das da im Fenster?«
「さあ、パット、窓に何があるの?」
"Sicher, Euer Ehren, ich werde es Ihnen sagen"
「もちろんです、あなたの名誉のために、私はあなたに言います」
"Das ist ein Arm, der im Fenster steckt!"
「窓にぶつかった腕だよ！」
"Na ja, da hat ein Arm nichts zu suchen"
「まあ、腕には関係ない」
"Geh und nimm den Arm weg!"
「行って腕を離しろ！」
Hierauf trat ein langes Schweigen ein
この後、長い沈黙が流れました
und Alice konnte nur ab und zu ein Flüstern hören
そしてアリスは時々ささやくことしか聞こえませんでした
und endlich streckte sie die Hand wieder aus
そしてついに彼女は再び手を広げました
Und sie machte einen weiteren Sprung in die Luft
そして彼女は空中で別のひったくりをしました
Diesmal gab es zwei kleine Schreie
今度は小さな叫び声が二つありました
und es gab noch mehr Geräusche von zerbrochenem Glas
そして、ガラスが割れる音も増えました
"Ich möchte wohl wissen, was sie nun tun werden!" dachte Alice
「次は何をするんだろうね！」とアリスは思いました
"Ich wünschte, sie würden mich aus dem Fenster ziehen"
「窓から引っ張り出してくれたらいいのに」
Sie wartete eine Weile
彼女はしばらく待った
aber eine Weile hörte sie nichts mehr
しかし、しばらくの間、彼女はそれ以上何も聞いていなかった

Endlich ertönte das Rumpeln kleiner Rädchen
とうとう小さな車輪の音が鳴り響きました
Und da ertönten viele Stimmen
すると、たくさんの声が聞こえてきました
Alle Stimmen sprachen miteinander
すべての声が一緒に話していた
Sie konnte einige der Worte verstehen
彼女はいくつかの単語を聞き取ることができた
"Wo ist die andere Leiter?"
「もうひとつのはしごはどこだ?」
"Bill hat die andere Leiter"
「ビルはもうひとつのはしごを持ってる」
"Bill, komm her!"
「ビル、こっちに来て!」
"Wird das Dach die Last tragen?"
「屋根は荷物に耐えられるの?」
"Wer will schon den Schornstein hinuntergehen?"
「誰が煙突を降りたいの?」
»Nein, das werde ich nicht! Du machst es!"
「いや、そんなことはしないよ!やるぞ!」
»Hier, Bill!«
「ほら、ビル!」
"Der Meister sagt, du musst in den Schornstein hinunter!"
「ご主人様が煙突を降りろって言ってるよ!」
Alice zog ihren Fuß so weit den Schornstein hinab, wie sie
konnte
アリスは足をできるだけ煙突の下に引きました
Und dann wartete sie, was kommen würde
そして、何が来るのかを待っていました
Sie hörte ein kleines Tier kratzen und krabbeln
彼女は小さな動物が引っ掻き、慌てる音を聞いた
Das Tierchen muss sich im Schornstein befinden
小動物は煙突の中にいるに違いない
dann gab sie einen scharfen Tritt
それから彼女は鋭いキックを1回与えました
Und sie wartete ab, was als nächstes geschehen würde

そして、次に何が起こるのかを待っていました
Sie hörte einen allgemeinen Chor von Stimmen
彼女は声の大合唱を聞いた
"Da geht Bill!", sagten alle
「ビル、行くぞ！」と全員が言った
Dann hörte sie allein die Stimme des Kaninchens
それから彼女はウサギの声だけを聞いた
"Du an der Hecke, fang ihn!"
「生け垣のそばで、彼を捕まえろ！」
Es trat wieder ein Augenblick des Schweigens ein
また一瞬の沈黙が訪れた
Und dann gab es wieder ein Stimmengewirr
そして、また声が混乱しました
"Halt seinen Kopf hoch, Brandy"
「彼の頭を上げて、ブランディ」
"Pass auf, dass du ihn nicht würgst"
「首を絞めないように気をつけて」
"Was ist mit dir passiert?"
「君に何があったの？」
Zuletzt kam eine kleine, schwache, quietschende Stimme
最後に少し弱々しい、きしむ声が聞こえた
"Nun, ich weiß es kaum mehr"
「まあ、もうほとんどわからない」
"Danke euch allen, mir geht es jetzt besser"
「みんなありがとう、今は良くなった」
"Es gibt eine Sache, an die ich mich erinnern kann"
「覚えていることが1つある」
"Irgendetwas kommt auf mich zu wie ein Zug im Tunnel"
「トンネルの中の列車のように何かが私に襲いかかる」
"Und ich fliege hoch wie eine Rakete!"
「そして、私はロケットのように飛ぶ！」
Es gab ein oder zwei Minuten des Schweigens
一分か二分の沈黙が続いた
Und dann fingen sie wieder an, sich zu bewegen
そして、彼らは再び動き始めました
und Alice hörte das Kaninchen wieder sprechen

そしてアリスはウサギが再び話すのを聞きました
"Ein Karren voll reicht für den Anfang"
「そもそも、バローフルでいい」
"Einen Karren voll wovon?" dachte Alice
「手押し車一杯なの?」とアリスは思いました
Aber sie wurde nicht lange in Atem gehalten
しかし、彼女は長くは不安に陥りませんでした
Ein Regen von kleinen Kieselsteinen drang durch das
Fenster
小さな小石のシャワーが窓から入ってきました
und einige der kleinen Kieselsteine trafen sie im Gesicht
そして、小さな小石の一部が彼女の顔に当たった
Alice wunderte sich über die kleinen Kieselsteine
アリスは小さな小石に驚いた
all die kleinen Kieselsteine verwandelten sich in Kuchen
小さな小石はすべてケーキに変わっていました
und eine glänzende Idee kam ihr in den Kopf
そして、彼女の頭に良いアイデアが浮かびました
"Einen von diesen Kuchen sollte ich essen"
「このケーキを一つ食べよう」
"Der Kuchen wird sicher etwas an meiner Größe ändern"
「ケーキはきっと私のサイズに何か変更を加えます」
Also schluckte sie einen der Kuchen
それで彼女はケーキの一つを飲み込みました
und sie freute sich, als sie feststellte, dass sie anfing zu
schrumpfen
そして、彼女は自分が縮み始めたことを知って喜んでい
ました
Bald war sie klein genug, um durch die Tür zu kommen
すぐに彼女はドアを通り抜けられるほど小さくなりまし
た
Sie rannte aus dem Haus
彼女は家を飛び出しました
Draußen wartete eine Menge kleiner Tiere und Vögel
外では小動物や鳥の群れが待っていました
alle kleinen Vögel und Tiere stürzten sich auf Alice

すべての小鳥や動物がアリスに殺到しました
aber sie rannte davon, so schnell sie konnte
しかし、彼女は全速力で走り去った
und bald fand sie sich sicher in einem dichten Walde
そしてすぐに、彼女は深い森の中で安全であることに気
づきました
Alice irrte im Walde umher
アリスは森の中をさまよった
Und sie dachte bei sich:
そして彼女は心の中で考えました。
"Ich weiß, was ich zuerst zu tun habe"
「まず何をすべきかはわかっている」
"erst muss ich wieder auf meine richtige Größe wachsen"
「まず、再び適切なサイズに成長しなければならない」
"Und dann muss ich den Weg in diesen schönen Garten
finden"
「そして、あの美しい庭への道を見つけなければならな
い」
"Ich glaube, ich sollte irgendetwas essen oder trinken"
「何か食べたり飲んだりすべきだと思う」
"Aber die Frage ist, was soll ich essen oder trinken?"
「しかし、問題は、何を食べたり飲んだりすべきかとい
うことです。」
Alice blickte sich um und betrachtete die Blumen
アリスは周りの花を見回しました
Und sie schaute durch die Grashalme hindurch
そして彼女は草の葉を通して見ました
aber sie konnte nichts zu essen und zu trinken sehen
しかし、彼女は食べたり飲んだりするものを見つけるこ
とができませんでした
Nichts sah nach dem Richtigen zum Essen oder Trinken aus
食べたり飲んだりするのに適切なもののようには見えま
せんでした
In ihrer Nähe wuchs ein großer Pilz
彼女の近くには大きなキノコが生えていました
der Pilz war ungefähr so groß wie Alice

キノコはアリスと同じくらいの高さでした
Sie streckte sich auf den Zehenspitzen auf
彼女はつま先立ちで体を伸ばした
Und sie guckte über den Rand des Pilzes
そして彼女はキノコの端から覗きました
Ihre Augen trafen sofort die Augen einer großen blauen
Raupe
彼女の目はすぐに大きな青い毛虫の目と合った
Die Raupe saß auf der Spitze des Pilzes
毛虫はキノコの上に座っていました
und die Raupe hatte alle Arme gekreuzt
そして、毛虫は彼のすべての腕を交差させていました
Und er rauchte leise eine lange Wasserpfeife
そして彼は静かに長い水タバコを吸っていました
und er nahm nicht die geringste Notiz von irgendetwas
そして、彼は何にも気にも留めませんでした
und er achtete gewiß nicht auf Alice
そして彼は確かにアリスに注意を払っていませんでした

Ratschläge von einer Raupe
キャタピラからのアドバイス

Endlich nahm die Raupe die Shisha aus dem Maul
とうとう毛虫は水タバコを口から取り出しました
und er redete Alice mit einer trägen, schläfrigen Stimme an
そして、物憂げで眠そうな声でアリスに話しかけました
"Wer bist du?" fragte die Raupe
「お前は誰だ?」と毛虫は言いました

Alice antwortete etwas schüchtern: "Ich weiß es kaum, Sir."
アリスは、やや恥ずかしそうに、「ほとんどわかりません」と答えました。
"Gerade im Moment ist alles ein bisschen..."
「今のところ、それはすべて少し...」
"Ich weiß, wer ich war, als ich heute Morgen aufgestanden bin."
「今朝起きたときの自分が誰だったか知っています」
"aber ich glaube, ich muss mich seitdem mehrmals verändert haben"
「でも、あれから何回か変わったんじゃないかな」
"Was meinst du damit?" sagte die Raupe

「それはどういう意味ですか?」と毛虫は言いました
Streng forderte die Raupe sie auf, sich zu erklären
キャタピラは厳しく彼女に説明を求めました
»Ich kann mich nicht erklären, fürchte ich, Sir«, sagte Alice
「自分では説明できないの、怖いの」とアリスは言いました
"weil ich nicht ich selbst bin"
「だって僕は僕じゃないから」
"Du siehst, es ist sehr verwirrend, so viele verschiedene Größen an einem Tag zu haben"
「ほら、一日にたくさんの異なるサイズがあると、とても混乱します」
Sie raffte sich auf und sagte sehr ernst:
彼女は立ち上がり、非常に重々しく言いました。
"Ich denke, du solltest mir zuerst sagen, wer du bist"
「まず、自分が何者なのか教えるべきだと思う」
"Warum?" fragte die Raupe
「どうして?」と毛虫は言いました
Alice fiel kein guter Grund ein
アリスは正当な理由を思いつくことができませんでした
und die Raupe schien sich in einem sehr unangenehmen Gemütszustand zu befinden
そして、毛虫は非常に不快な精神状態にあるように見えました
also wandte sie sich ab
だから彼女は背を向けた
"Komm zurück!" rief ihr die Raupe nach
「戻ってこい!」毛虫が彼女を呼びました
"Ich habe etwas Wichtiges zu sagen!"
「大事なことがあるんだ!」
Alice drehte sich um und kam wieder zurück
アリスは振り返って、また戻ってきた
"Behalte die Fassung!" sagte die Raupe
「気を抜かないように」と毛虫は言いました
»Ist das alles?« fragte Alice
「それだけ?」とアリスは言った

und sie schluckte ihren Zorn hinunter, so gut sie konnte
そして彼女はできる限り怒りを飲み込んだ
"Nein!" sagte die Raupe
「いや」と毛虫は言いました
Die Raupe breitete ihre Arme aus
キャタピラは腕を広げた
Und er nahm die Shisha wieder aus dem Mund
そして彼は再び水タバコを口から取り出しました
Und er sagte: "Du glaubst also, du bist verändert, oder?"
そして彼は言いました、「それで、君は自分が変わった
と思っているのか?」
»Ich fürchte, ich bin verändert, Sir,« sagte Alice
「怖いわ、変わってしまったの」とアリスは言いました
"Ich kann mich nicht mehr so an Dinge erinnern, wie ich sie
früher in Erinnerung hatte"
「昔覚えていたことを覚えられなくて」
"Und ich bleibe nicht länger als zehn Minuten gleich groß!"
「それに、同じサイズで10分以上もいられないんだよ!
」
"Wie groß willst du sein?" fragte die Raupe
「どのくらいのサイズになりたいの?」と毛虫は尋ねま
した
»Oh, es ist mir nicht besonders wichtig, wie groß ich bin«,
erwiderte Alice hastig
「ああ、僕がどんなサイズでもいいんだよ」とアリスは
急いで答えた
"Ich mag es einfach nicht, so oft die Größe zu wechseln,
weißt du"
「サイズを頻繁に変えるのは好きじゃないんだよ」
"Ich würde gerne etwas größer sein, Sir"
「もう少し大きくなりたいのですが、先生」
»wenn es dir nichts ausmacht,« fügte Alice hinzu
「もしよろしければ」とアリスは付け加えました
"Zehn Zentimeter sind so eine erbärmliche Größe"
「10センチというのは、とても悲惨な高さです」
"Das ist wirklich eine sehr gute Höhe!" sagte die Raupe

ärgerlich
「なかなかいい高さだね！」と毛虫は怒って言いました
und er richtete sich auf, während er sprach
そして彼は話しながら直立しました
Er war genau zehn Zentimeter groß
彼の身長はちょうど10センチでした
In ein oder zwei Minuten war die Raupe vom Pilz heruntergekommen
1分か2分で、毛虫はキノコから降りました
und er kroch ins Gras
そして彼は草むらに這い去った
Als er sich entfernte, machte er einige kleine Bemerkungen
彼が去るとき、彼はいくつかの小さな発言をしました
"Eine Seite lässt dich größer werden"
「片面が背を伸ばす」
"Und die andere Seite wird dich kleiner werden lassen"
「そして、その向こう側はあなたを背が低くする」
"Eine Seite wovon?" dachte Alice bei sich
「一面はどうなの？」とアリスは心の中で思いました
"Die andere Seite von was?"
「その向こう側は？」
"Die Seite des Pilzes!" sagte die Raupe
「キノコの側面だ」と毛虫は言いました
Es war, als hätte sie ihre Frage laut gestellt
それはまるで彼女が声に出して質問したかのようだった
und im nächsten Augenblick war er außer Sichtweite
そして次の瞬間、彼は見えなくなってしまいました
Alice blieb stehen und betrachtete den Pilz nachdenklich
アリスは思慮深くキノコを見つめたままでした
Sie versuchte herauszufinden, welche die beiden Seiten des Pilzes waren
彼女はキノコの両面がどちらであるかを確かめようとしていました
Endlich streckte sie ihre Arme um den Pilz
とうとう彼女はキノコに腕を伸ばしました
und sie brach ein Stück der Ränder ab

そして、彼女は端を少し折った
»Und nun, welche Seite ist welche?« fragte sie sich
「さて、どちらがどちら側なの?」彼女は自分に言い聞かせました
und sie knabberte ein wenig von dem Stück der rechten Hand
そして、彼女は右手のビットを少しかじった
Im nächsten Augenblick spürte sie einen heftigen Schlag unter ihrem Kinn
次の瞬間、彼女は顎の下に激しい打撃を感じた
Ihr Kinn hatte ihren Fuß getroffen!
彼女の顎が彼女の足に当たっていた!
Sie war sehr erschrocken über diese sehr plötzliche Veränderung
彼女はこの突然の変化にかなり怯えていました
Sie schrumpfte sehr schnell
彼女は非常に急速に縮小していました
Also aß sie schnell etwas von dem anderen Stück Pilz
それで彼女はすぐに他のマッシュルームを食べました
Ihr Kinn war sehr eng gegen ihren Fuß gepresst
彼女の顎は彼女の足に非常に密着して押し付けられていました
Es war kaum Platz, um den Mund aufzumachen
彼女の口を開く余地はほとんどなかった
aber schließlich gelang es ihr, den Mund aufzumachen
しかし、彼女はついに口を開くことができました
und sie schluckte einen Bissen von dem linken Stück
そして彼女は左手のビットを一口飲み込んだ
»mein Kopf ist endlich frei!« sagte Alice
「やっと頭が解放されたの!」とアリスは言いました
Sie blickte an sich herunter
彼女は自分自身を見下ろした
aber alles, was sie sehen konnte, war ein ungeheurer Hals
しかし、彼女が見ることができたのは、巨大な首の長さだけだった
Ihr Hals schien sich wie ein Stiel zu erheben

彼女の首は茎のように立ち上がっているように見えました
Und sie blickte auf ein Meer von grünen Blättern hinab
そして、緑の葉の海を見下ろしました
"Wo sind meine Schultern geblieben?"
「私の肩はどこに行ったの?」
»Und ach, meine armen Hände, wie kommt es, daß ich euch nicht sehen kann?«
「そして、ああ、私のかわいそうな手、どうしてあなたに会えないのですか?」
Aber ihr Hals hatte einen Vorteil
しかし、彼女の首には1つの利点がありました
Sie konnte ihren Kopf in jede Richtung bewegen
彼女は頭をどの方向にも動かすことができました
Tatsächlich war sie wie eine Schlange
実際、彼女はまさに蛇のようでした
Sie senkte anmutig ihren Kopf im Zickzack
彼女は優雅に頭をジグザグに下げました
Und sie bewegte ihren Kopf durch die Bäume
そして彼女は木々の間を頭を動かしました
Aber dann hörte sie ein scharfes Zischen
しかし、その時、彼女は鋭いシューという音を聞いた
Und sie zog schnell den Kopf zurück
そして彼女はすぐに頭を後ろに引いた
Eine große Taube war ihr ins Gesicht geflogen
大きな鳩が彼女の顔に飛び込んできた
und die Taube fuhr mit den Flügeln heftig zusammen
そして鳩は激しく翼を振っていました

»Schlange!« rief die Taube
「蛇だ！」と鳩は叫んだ
"Ich bin keine Schlange!" sagte Alice entrüstet
「私は蛇じゃない！」とアリスは憤慨して言いました
"Laß mich in Ruhe!"
「ほっとって！」
"Ich habe die Wurzeln von Bäumen ausprobiert"
「木の根をやってみた」
"Und ich habe es mit Hecken versucht", fuhr die Taube fort
「そして、生け垣を試したことがある」と鳩は続けました
»Aber diese Schlangen! Man kann es ihnen nicht recht machen!"
「でも、あの蛇たち！彼らを喜ばせるものはありません！

」
Alice war immer verwirrter
アリスはますます困惑しました
"Als ob es nicht schon Mühe genug wäre, die Eier
auszubrüten!" sagte die Taube
「まるで卵を孵化させるのに苦労していなかったかのよ
うに」と鳩は言いました
"Tag und Nacht muss ich mich auch vor Schlangen in Acht
nehmen!"
「夜も昼も、蛇にも気をつけなきゃ!」
"Ich hatte gerade den höchsten Baum im Wald gefunden"
「ちょうど森で一番高い木を見つけたんだ」
"Wäre ich hier sicher frei von Schlangen?"
「きっと、ここでは蛇から解放されるのだろうか?」
"Und heraus kommt eine Schlange vom Himmel!"
「そして、空から蛇が出てくる!」
"Aber ich bin keine Schlange, sage ich dir!" sagte Alice
「でも、私は蛇じゃないよ、言っちゃうよ!」とアリス
は言いました
"Ich bin ein... Ich bin ein... Ich bin ein kleines Mädchen«,
fügte sie etwas zweifelnd hinzu
「私は...私は...私は小さな女の子です」彼女はかなり
疑わしそうに付け加えた
Schließlich hatte sie viele Veränderungen durchgemacht
結局、彼女は多くの変化を経験してきたのです
"Du suchst Eier!" sagte die Taube
「卵を探しているんだね」と鳩は言いました
"Das weiß ich mit Sicherheit"
「それは事実として知っています」
"Und was macht es aus, ob du ein kleines Mädchen oder
eine Schlange bist?"
「それで、あなたが小さな女の子であろうと蛇であろう
と、何が問題なの?」
»Es liegt mir sehr viel daran,« sagte Alice hastig
「それは私にとってとても重要なことなの」とアリスは
急いで言いました

"Aber ich bin nicht auf der Suche nach Eiern, wie es der Zufall will"
「でも、たまたま卵を探しているわけじゃない」
"Und ich würde deine Eier sowieso nicht wollen"
「とにかく君の卵は欲しくない」
"Ich mag meine Eier nicht roh"
「生の卵が好きじゃない」
»Nun, dann fort!« sagte die Taube in mürrischem Tone
「じゃあ、行け！」鳩は不機嫌そうな口調で言いました
und die Taube ließ sich wieder in ihrem Nest nieder
そして鳩は再び巣に落ち着きました
Alice kauerte sich zwischen die Bäume, so gut sie konnte
アリスはできるだけ木々の間にしゃがみ込んだ
Ihr Hals verfing sich immer wieder zwischen den Ästen
彼女の首は枝に絡まり続けていた
Hin und wieder musste sie anhalten und ihren Hals aufdrehen
時々、彼女は立ち止まって首のねじれを解かなければなりませんでした
Nach einer Weile erinnerte sie sich an den Pilz
しばらくして、彼女はキノコを思い出しました
Sie hielt die Pilzstücke noch immer in ihren Händen
彼女はまだキノコのかけらを手に持っていた
Und sie machte sich sehr vorsichtig an die Arbeit
そして、彼女は非常に慎重に仕事に取り掛かりました
Zuerst knabberte sie an einem Stück
まず、彼女は一枚をかじった
Und dann knabberte sie an dem anderen Stück
そして、彼女はもう一片をかじった
Manchmal wurde sie größer
時々彼女は背が高くなりました
und manchmal wurde sie kleiner
そして時々彼女は短くなりました
Aber schließlich erreichte sie ihre übliche Größe
しかし、ついに彼女はいつもの身長に達しました
Sie war schon seit einiger Zeit nicht mehr so groß wie sie

selbst
彼女はしばらくの間、自分の背丈ではなかった
So fühlte sich alles eine Zeit lang seltsam an
だから、しばらくの間、すべてが奇妙に感じられました
"Das nächste, was zu tun ist, ist, in diesen schönen Garten zu gehen"
「次にやるべきことは、あの美しい庭園に入ることだ」
»wie soll man das machen?«
「それはどういうことだろうと思うけど?」
Während sie dies sagte, stieß sie auf einen offenen Platz
そう言っていると、開けた場所に出くわしました
Da war ein kleines Haus, etwas höher als einen Meter
1メートルより少し高いところに小さな家がありました
"Ich frage mich, wer in diesem kleinen Haus wohnt"
「この小さな家には誰が住んでいるのだろう」
"So groß wie ich bin, kann ich sicher nicht reingehen"
「確かに、こんなに大きくは入れない」
"Ich würde sie fürchterlich erschrecken!"
「私は彼らをひどく怖がらせます!」
Also knabberte sie wieder an dem kleinen Pilz
それで彼女は再び小さなキノコをかじりました
Und bald brachte sie sich dreißig Zentimeter tief
そしてすぐに彼女は自分自身を30センチ下に下げました

Ein Schwein und etwas Pfeffer
豚とコショウ

Ein oder zwei Minuten lang stand sie da und betrachtete das Haus

一分か二分、彼女は立って家を見つめていた

Plötzlich kam ein Lakai aus dem Walde gerannt

突然、一人のフットマンが森から走って出てきた

Er trug eine spezielle Livree-Uniform

彼は特別な制服を着ていました

Seinem Gesicht nach zu urteilen, hätte sie ihn einen Fisch genannt

彼の顔だけで判断すると、彼女は彼を魚と呼んだでしょう

und er klopfte laut mit den Fingerknöcheln an die Tür

そして彼は拳でドアを大声で叩いた

Die Tür wurde von einem anderen Lakaien geöffnet

ドアは別のフットマンによって開けられました

Auch dieser Lakai trug eine besondere Livree

このフットマンも特別な服を着ていました

Dieser Lakai hatte ein rundes Gesicht und große Augen wie ein Frosch

このフットマンは丸い顔とカエルのような大きな目をしていました

Der Lakai, der wie ein Fisch aussah, leitete die Zeremonie
ein
魚のような姿をしたフットマンが儀式を始めました
Er zog etwas unter seinem Arm hervor
彼は脇の下から何かを取り出した
Und er zog unter seinem Arm einen Umschlag hervor
そして彼は腕の下から封筒を取り出した
und diesen Umschlag übergab er dem andern Lakaien
そして、この封筒をもう一人のフットマンに手渡しまし
た
In zeremoniellem Tone teilte er ihm die Befehle mit
彼は儀式的な口調で命令を告げた
"Diese Botschaft ist für die Herzogin"
「このメッセージは公爵夫人向けです」
"Eine Einladung der Königin zum Krocketspielen"
「女王からのクロケット遊びへの招待」
Der Lakai, der wie ein Frosch aussah, wiederholte den
Befehl
カエルのような見た目のフットマンが命令を繰り返した
"Von der Königin"
「女王陛下より」
"Eine Einladung"
「招待状」
"für die Herzogin"
「公爵夫人のために」
"Krocket spielen"
「クロケット遊び」
Dann verbeugten sie sich beide tief
それから二人は低くお辞儀をした
und die Locken in ihren Perücken verwickelten sich
ineinander
そして、彼らのかつらのカールが絡まりました
Bald war der Lakai, der wie ein Fisch aussah, verschwunden
すぐに魚のように見えたフットマンは消えました
Aber der Lakai, der wie ein Frosch aussah, war immer noch
da

でも、カエルのようなフットマンはまだそこにいました
Er saß auf dem Boden in der Nähe der Tür
彼はドアの近くの地面に座っていました
Er starrte dumm in den Himmel
彼は愚かにも空を見上げていた
Alice ging schüchtern zur Tür und klopfte
アリスはおそるおそるドアのところまで行き、ノックしました
»Es hat keinen Zweck, anzuklopfen,« sagte der Lakai
「ノックしても無駄だ」とフットマンは言った
"Und das aus zwei Gründen"
「それには2つの理由があります」
"Erstens, weil ich auf der gleichen Seite der Tür stehe wie du"
「まず、僕は君と同じドアの側にいるから」
"Zweitens, weil sie drinnen so viel Lärm machen"
「第二に、彼らは中でとても騒いでいるからです」
"Niemand könnte dich hören"
「君の声が誰にも聞こえない」
Und es war gewiß ein höchst merkwürdiger Lärm im Innern
そして、その中では確かに最も異常な騒音が起こっていました
ein ständiges Heulen und Niesen
絶え間ない遠吠えとくしゃみ
und ab und zu ein Geräusch von großem Krachen
そして時折、大きな衝突音がします
als ob eine Schüssel oder ein Wasserkocher in Stücke zerbrochen wäre
まるで皿ややかんが粉々に砕けたかのように
"Wie soll ich da reinkommen?" fragte Alice
「どうやって入ればいいの?」とアリスは尋ねました
»Wollen Sie überhaupt hineinkommen?« fragte der Lakai
「そもそも乗るべきですか?」とフットマンは言った
"Das ist die erste Frage, weißt du"
「それが最初の質問だよ」
Alice öffnete die Tür und trat ein

アリスはドアを開けて中に入った
Die Tür führte direkt in eine große Küche
ドアは大きなキッチンに通じていました
Die Küche war von einem Ende bis zum anderen voller Rauch
台所は端から端まで煙でいっぱいでした
in der Mitte der Küche saß die Herzogin
台所の真ん中には公爵夫人がいました
Sie saß auf einem dreibeinigen Hocker
彼女は3本足のスツールに座っていました
und sie stillte ein Baby
そして彼女は赤ん坊を授乳していました
Die Köchin beugte sich über das Feuer
コックは火に身を乗り出していました
Er rührte einen großen Kessel
彼は大きな大釜をかき混ぜていました
und der Kessel schien mit Suppe gefüllt zu sein
そして、大釜はスープでいっぱいになっているようでした
"Da ist sicher zu viel Pfeffer drin!" sagte Alice zu sich selbst
「あのスープには確かにコショウが多すぎます！」アリスは自分に言い聞かせました
Sie sagte es, so gut sie konnte, ohne zu niesen
彼女はくしゃみをせずにできる限りそれを言いました
Sogar die Herzogin nieste gelegentlich
公爵夫人でさえ、時折くしゃみをしました
Aber die Handlungen des Babys waren am bemerkenswertesten
しかし、赤ちゃんの行動は最も注目に値しました
Das Baby nieste und heulte abwechselnd
赤ちゃんはくしゃみと吠えを交互にしていました
Es gab keinen Augenblick Pause zwischen Heulen und Niesen
吠え声とくしゃみの間に一瞬たりとも休むことはなかった
Es gab zwei Kreaturen in der Küche, die nicht niesten

キッチンにはくしゃみをしない生き物が2匹いました
Die Köchin war zu beschäftigt, um zu niesen
コックは忙しくてくしゃみをする余裕がなかった
Und die große Katze schien sich nicht an dem Pfeffer zu stören
そして、大きな猫はコショウを気にしていないようでした
Stattdessen grinste die große Katze von einem Ohr zum anderen
それどころか、大きな猫は耳から耳までニヤニヤしていました
»Bitte, würdest du es mir sagen,« sagte Alice ein wenig schüchtern
「教えてもらえませんか」とアリスは少しおそるおそる言いました
"Warum grinst deine Katze so?"
「どうして猫はあんなにニヤニヤしているの?」
»Es ist eine Cheshire-Katze,« sagte die Herzogin
「チェシャーキャットです」と公爵夫人は言いました
"Und deshalb grinst er von Ohr zu Ohr"
「だから彼は満面の笑みを浮かべているんだ」
"Ich wusste nicht, dass eine Cheshire-Katze immer grinst"
「チェシャーキャットがいつもニヤリと笑うなんて知らなかった」
"Eigentlich wusste ich nicht, dass Katzen grinsen können", sagte Alice
「実は、猫がニヤニヤできるなんて知らなかった」とアリスは言いました
»Es gibt vieles, was Sie nicht wissen,« sagte die Herzogin
「あなたが知らないことはたくさんあります」と公爵夫人は言いました
"Es gibt vieles, was man nicht weiß, und das ist eine Tatsache"
「知らないことがたくさんあり、それが事実です」
In diesem Augenblick nahm die Köchin den Kessel mit der Suppe vom Feuer

ちょうどその時、コックがスープの入った大釜を火から
下ろしました
Und sogleich fing sie an, alles in ihre Reichweite zu werfen
そしてすぐに彼女は手の届くところにすべてを投げ始め
ました
sie warf alles, was sie konnte, auf die Herzogin und das
Baby
彼女は公爵夫人と赤ん坊にできる限りのことを投げつけ
ました
Zuerst warf sie die Feuereisen
最初に彼女は火の鉄を投げました
Dann warf sie eine Handvoll Töpfe
それから彼女は一握りの鍋を投げました
und schließlich warf sie die Teller und Schüsseln
そして最後に、彼女は皿と皿を投げました
Die Herzogin nahm keine Notiz von ihr
公爵夫人は彼女に気づかなかった
Selbst als sie von einem Teller getroffen wurde, machte sie
sich keine Sorgen
皿に当たっても、彼女は心配しませんでした
Das Baby heulte schon so viel
赤ちゃんはもうあんなに吠えていました
Es war also unmöglich zu sagen, ob die Schläge das Baby
verletzt haben oder nicht
だから、その打撃が赤ちゃんを傷つけたかどうかはわか
りませんでした
"Oh, gib bitte acht, was du tust!" rief Alice
「ああ、どうか気をつけて!」とアリスは叫びました
und sie sprang in Todesangst des Entsetzens auf und ab
そして彼女は恐怖の苦しみで飛び跳ねました
die Herzogin bot Alice das Baby an
公爵夫人はアリスに赤ん坊を差し出しました
»Hier! Du kannst das Kind ein wenig stillen, wenn du
willst!«
「ここだ!もしよろしければ、赤ちゃんを少し授乳して
もいいよ!」

Und sie schleuderte das Kind nach ihr, während sie sprach
そして彼女は話しながら赤ん坊を投げつけた
"Ich muss gehen und mich darauf vorbereiten, mit der Königin Krocket zu spielen"
「女王様と一緒にクロケットをする準備をしに行かなくちゃ」
und sie eilte aus dem Zimmer
そして彼女は急いで部屋を出た
Alice fing das Baby mit einiger Mühe auf
アリスは赤ん坊を難なく捕まえました
weil es ein sehr seltsam geformtes kleines Wesen war
それはとても奇妙な形の小さな生き物だったからです
Und das Kind streckte seine Arme und Beine nach allen Richtungen aus
そして、赤ん坊は腕と脚を四方八方に差し出しました
"Das Kind nehme ich lieber mit!" dachte Alice
「この子を連れて行った方がいい」とアリスは思った
"Sie werden dieses Baby sicher in ein oder zwei Tagen töten"
「彼らはきっとこの赤ん坊を一日か二日で殺すだろう」
"Wäre es nicht Mord, dieses Baby zurückzulassen?"
「この赤ん坊を置き去りにするのは殺人じゃないの?」
Sie sprach die letzten Worte laut aus
彼女は最後の言葉を声に出して言った
Und das kleine Ding grunzte als Antwort
そして、小さなものは答えてうめき声を上げました
"Du verwandelst dich am besten nicht in ein Schwein, meine Liebe!" sagte Alice
「豚に変身しないでね」とアリスは言った
"sonst habe ich nichts mehr mit dir zu tun"
「さもなければ、私はあなたとこれ以上何も関係がなくなるでしょう」
Alice fing eben an, bei sich selbst zu denken:
アリスはちょうど考え始めていました。
»Nun, was soll ich mit diesem Geschöpf anfangen, wenn ich es nach Hause bringe?«

「さあ、この生き物を家に帰ったら、どうしたらいいの？」
Aber dann grunzte das kleine Geschöpf ein wenig heftig
しかし、その時、その小さな生き物は少し激しくうめきました
und Alice sah ihm erschrocken ins Gesicht
そしてアリスは何か驚いてその顔を見下ろしました
Diesmal konnte es keinen Irrtum geben
今回は間違いないでしょう
Es war nicht mehr und nicht weniger als ein Schwein
それは豚以上でも以下でもありませんでした
Da setzte sie das kleine Geschöpf ab
だから彼女は小さな生き物を下ろしました
und das kleine Geschöpf trabte leise in den Wald hinein
そして、小さな生き物は静かに森の中へ小走りで去っていきました
Alice war ziemlich erleichtert, als sie die Kreatur verschwinden sah
アリスは、その生き物が去っていくのを見て、とても安心しました
Alice erschrak ein wenig, als sie die Cheshire-Katze sah
アリスはチェシャーキャットを見て少しびっくりしました
Er saß auf einem Ast eines Baumes, ein paar Meter entfernt
それは数メートル離れた木の枝に座っていました
Die Katze grinste nur, als sie sie sah
猫は彼女を見てだけニヤリと笑った
»Cheshire-Katze,« begann Alice etwas schüchtern
「チェシャーキャット」とアリスはやや臆病そうに話し始めた
»Würden Sie mir bitte sagen, welchen Weg ich von hier aus einschlagen soll?«
「ここからどちらに行けばいいのか教えてもらえますか？」
"In diese Richtung", sagte die Katze
「その方向だ」と猫は言った

Und er fuchtelte mit der rechten Pfote herum
そして、それは右足を振り回しました
"In dieser Richtung lebt ein Hutmacher"
「その方向には帽子の職人が生きています」
Und dann winkte die Katze mit der anderen Pfote
そして、猫はもう片方の足を振った
"Und in dieser Richtung wohnt ein Märzhase"
「そして、その方向には三月うさぎが住んでいます」
»Besuchen Sie, wen Sie wollen; Sie sind beide verrückt"
「どちらかお好きなところにお越しください。二人とも
狂ってる」
»Aber ich will nicht unter Verrückte gehen«, bemerkte Alice
「でも、おかしい人たちの中には行きたくない」とアリ
スは言いました
"Ach, dafür kannst du nicht helfen!" sagte die Katze
「ああ、それは仕方ないよ」と猫は言いました
"Wir sind alle verrückt hier"
「私たちは皆、ここで怒っています」
"Spielst du heute Krocket mit der Queen?"
「今日は女王とクロケットをしますか?」
"Das würde ich sehr gerne!" sagte Alice
「とてもしたいです」とアリスは言いました
"aber ich bin noch nicht eingeladen worden"
「でも、まだ招待されてないんだ」
"Du wirst mich dort sehen!" sagte die Katze
「そこにいるよ」と猫は言いました
Und von einem Augenblick auf den anderen verschwand
die Katze
そして、ある瞬間から次の瞬間に猫は消えました
bald kam Alice in Sichtweite des Hauses des Märzhasen
やがてアリスはうさぎの家が見えてきました
Das war ein sehr großes Haus
これはとても大きな家でした
Alice wollte also nicht in die Nähe des Hauses gehen
だからアリスは家の近くに行きたくなかった
Zuerst musste sie noch etwas von dem linken Stück Pilz

knabbern
まず、彼女は左側のキノコをもう少しかじらなければな
りませんでした

Eine verrückte Teeparty
狂ったお茶会

Vor dem Haus stand ein Baum
家の前には木がありました
Und unter dem Baum stand ein Tisch
そして木の下にはテーブルがありました
und der Tisch war mit allerlei Besteck gedeckt
そして、テーブルにはあらゆる種類のカトラリーが置か
れていました
Der Märzhase und der Hutmacher saßen bei Tisch
三月うさぎと帽子職人がテーブルにいました
und zusammen tranken sie Tee
そして、彼らは一緒にお茶を飲んでいました
Ein Siebenschläfer saß zwischen ihnen
ヤマネが二人の間に座っていました
und der Siebenschläfer schlief fest
そしてヤマネはぐっすり眠っていました
Der Tisch war von außergewöhnlicher Größe
テーブルはとてつもなくの大きさでした
Aber der größte Teil des Tisches war unbesetzt
しかし、テーブルの大部分は空いていました
Sie saßen dicht gedrängt an einer Ecke des Tisches
彼らはテーブルの片隅にぎっしりと座っていました
und doch entschuldigten sie sich, als sie Alice sahen
それでも、彼らはアリスを見ると言い訳をしました
»Kein Platz! Kein Platz!« schrien sie
「部屋がない！部屋がない！」と彼らは叫びました
»Es ist viel Platz!« sagte Alice entrüstet
「部屋はたっぷりあるよ！」とアリスは憤慨して言いま
した
An einem Ende des Tisches stand ein großer Sessel

テーブルの一方の端には大きな肘掛け椅子がありました
und Alice setzte sich in den Sessel
そしてアリスは肘掛け椅子に座りました
Der Hutmacher riss die Augen weit auf
帽子職人は目を大きく見開いた
Er konnte nicht glauben, was er da sah
彼は自分が見ているものが信じられませんでした
aber sein Geist war neugierig auf andere Dinge
しかし、彼の心は他のことに興味を持っていました
»Warum ist ein Rabe wie ein Schreibtisch?«
「なぜカラスは書き物机のようなものなの?」
Alice war offen für die Herausforderung
アリスは挑戦にオープンでした
"Ich bin froh, dass sie angefangen haben, Rätsel zu stellen"
「なぞなぞを解き始めてよかった」
»Ich glaube, das kann ich erraten«, fügte sie laut hinzu
「そう思うわ」彼女は声に出して付け加えた
Der Märzhase wurde neugierig auf Alice
三月うさぎはアリスに興味を持ち始めました
"Glaubst du wirklich, dass du die Antwort finden kannst?"
「本当に答えが見つかると思っているの?」
»Ich glaube, ich kann die Antwort finden,« sagte Alice
「確かに答えが見つかると思う」とアリスは言った
»Dann sollst du sagen, was du meinst,« fuhr der Märzhase
fort
「じゃあ、言いたいことを言ってみてね」と、行進のウ
サギは続けました
»Ich sage, was ich meine,« erwiderte Alice hastig
「言いたいことは言ってるよ」とアリスは急いで答えま
した
"Zumindest meine ich ernst, was ich sage"
「少なくとも、私が言っていることは本気です」
"Das ist dasselbe, weißt du"
「それも同じだよね」
Auch der Siebenschläfer trug zu dem Gespräch bei
ヤマネも会話に貢献しました

Aber der Siebenschläfer schien im Schlaf zu sprechen
しかし、ヤマネは眠りの中で話しているように見えました
"Ich atme, wenn ich schlafe"
「寝るときは息をする」
"Ich schlafe, wenn ich atme!"
「息をすると眠る！」
"Man könnte genauso gut sagen, dass sie auch gleich sind"
「あなたも同じだと言った方がいいかもしれません」
"So ist es auch bei dir!" sagte der Hutmacher
「あなたも同じです」と帽子職人は言いました
und er goß ein wenig Tee über die Nase des Siebenschläfers
そしてヤマネの鼻に少しお茶を注ぎました
Das Murmelthier schüttelte ungeduldig den Kopf
ヤマネは苛立たしげに首を振った
Und wieder sprach das Murmelmaus, ohne die Augen zu öffnen
そして再びヤマネは目を開けずに話しました
"Natürlich, natürlich ist es dasselbe"
「もちろん、もちろん同じです」
"Das wollte ich ja auch sagen"
「それは私が自分で言おうとしていたことです」

Der Hutmacher wandte sich an Alice und stellte eine weitere Frage
帽子職人はアリスに向き直り、別の質問をしました
"Hast du das Rätsel schon erraten?"
「もう謎を解いたの？」
"Nein, ich gebe auf", gab Alice zu
「いや、あきらめちゃう」とアリスは認めた
"Was ist die Antwort?", wollte sie wissen
「答えは？」彼女は知りたかった
»Ich habe nicht die geringste Ahnung,« sagte der Hutmacher
「私には少しもわからない」と帽子職人は言った
"Ich weiß es auch nicht!" sagte der Märzhase
「私も知らない」と行進のうさぎは言いました
Alice stieß einen müden Seufzer aus
アリスは疲れたため息をついた
"Es gibt eine bessere Nutzung der Zeit als Rätsel ohne Antworten"
「答えのないなぞなぞよりも、時間の有効活用法がある」
»Trinken Sie noch etwas Tee,« sagte der Märzhase sehr ernst zu Alice
「もう少しお茶を飲んでね」と、三月うさぎはアリスにとても真剣に言いました
Alice war ziemlich beleidigt über das Angebot
アリスはその申し出にかなり気分を害しました
»Ich habe noch keinen Tee getrunken,« erwiderte Alice
「まだお茶を飲んでないの」とアリスは答えました
"Deshalb kann ich keinen Tee mehr trinken"
「だからもうお茶は飲めない」
»Du meinst, weniger Tee kannst du nicht haben«, sagte der Hutmacher
「お茶を飲む量を減らすことはできないということですか」と帽子職人は言いました
"Es ist sehr einfach, mehr als nichts zu nehmen"
「何もしないよりは、もっと簡単に取れる」
Bei diesen Worten erhob sich Alice und ging fort

すると、アリスは立ち上がって歩き出しました
Der Siebenschläfer schlief augenblicklich ein
ヤマネはすぐに眠りに落ちました
und keiner der andern nahm die geringste Notiz davon, daß
sie ging
そして、他の二人も彼女が行くことに少しも気づかなか
った
obwohl sie ein- oder zweimal zurückblickte
彼女は一度や二度振り返ったが
Sie versuchten, den Siebenschläfer in die Teekanne zu
stecken
彼らはヤマネをティーポットに入れようとしていました
"Jedenfalls werde ich nie wieder dorthin gehen!" sagte Alice
「とにかく、もう二度とあそこには行かない！」とアリ
スは言いました。
Und sie ging ihren Weg durch den Wald
そして彼女は森の中を歩いて行きました
"Das war die dümmste Teeparty, auf der ich je war"
「今まで行った中で最も愚かなお茶会だった」
Gerade als sie das sagte, bemerkte sie etwas
そう言ったとき、彼女は何かに気づきました
Einer der Bäume hatte eine Tür, die direkt hineinführte
木の1本には、その中に入るドアがありました
»Das ist sehr interessant!« dachte sie
「それはとても面白い！」と彼女は思いました
"Ich denke, ich kann genauso gut durch die Tür gehen"
「ドアを通った方がいいと思う」
Und durch die Tür ging sie
そして、彼女はドアを通って行きました
Wieder befand sie sich in der langen Halle
彼女は再び長い廊下にいることに気づきました
Wieder stand sie dicht an dem kleinen Glastisch
再び彼女は小さなガラスのテーブルの近くにいました
Sie nahm den kleinen goldenen Schlüssel
彼女は小さな金の鍵を取りました
und sie schloß die Tür auf, die in den Garten führte

そして、庭に通じるドアの鍵を開けました
Dann machte sie sich daran, an dem Pilz zu knabbern
それから彼女はキノコをかじり始めました
Sie hatte ein Stück des Pilzes in ihrer Tasche aufbewahrt
彼女はそのキノコの一部をポケットに入れていました
Und schließlich war sie etwa einen Meter groß
そしてついに彼女の身長は約1メートルになりました
dann ging sie den kleinen Korridor hinunter
それから彼女は小さな廊下を歩きました
Und dann fand sie sich endlich in dem schönen Garten
wieder
そして、ついに美しい庭に出ました
Und sie war zwischen den hellen Blumen und den kühlen
Springbrunnen
そして彼女は明るい花と涼しい噴水の中にいました

Der Krocketplatz der Königinnen
女王のクロケット場

Ein großer Rosenstrauch stand in der Nähe des Eingangs des Gartens

庭の入り口近くに大きなバラの木が立っていました

Die Rosen, die an dem Baum wuchsen, waren weiß

木に生えているバラは白かった

aber es waren drei Gärtner, die die Rose bemalten

しかし、バラを塗る3人の庭師がいました

Sie waren damit beschäftigt, die Rosen rot zu färben

彼らは忙しくバラを赤く塗っていました

und Alice sah zu, wie sie die Rosen rot färbten

そしてアリスは、彼らがバラを赤く塗るのを見ていました

und plötzlich fielen ihre Augen zufällig auf Alice

そして突然、彼らの目がたまたまアリスに落ちました

Alice sprach ein wenig schüchtern

アリスは少しおずおずと話しました

»Würden Sie es mir bitte sagen?«

「教えてもらえますか、お願いします」

"Warum malt ihr alle diese Rosen?"

「なんでみんなあのバラを描いているの?」

Fünf und Sieben sagten nichts, sondern sahen zwei an

五と七は何も言わず、二を見た

zwei Sprecher, mit leiser Stimme

二人は低い声で話した

»Nun, die Sache ist die, sehen Sie, gnädige Frau.«

「なぜ、事実は、ご覧のとおり、マダム」

"Das hier hätte ein roter Rosenstrauch sein sollen"

「これは赤いバラの木だったはずだ」

"Und wir haben aus Versehen einen weißen Rosenstrauch hineingesetzt"

「そして、私たちは誤って白いバラの木を入れました」

"Wie Sie mir zustimmen würden, darf die Königin es nicht herausfinden"

「君も同意するだろうが、女王陛下は見つけてはいけな

い」

"Sonst würden wir uns allen die Köpfe abschneiden"
「さもなければ、私たちは皆、首を切り落とされてしまうでしょう」

"Sie sehen also, gnädige Frau, wir tun unser Bestes"
「だからね、マダム、私たちは最善を尽くしています」

Karte fünf hatte ängstlich über den Garten geschaut
カード5は心配そうに庭を見渡していました

In diesem Augenblick rief die fünfte Karte: "Die Königin! Die Königin!"
この瞬間、カード5が叫びました。女王様!」

und die drei Gärtner eilten augenblicklich davon
そして、3人の庭師はすぐに急いで逃げました

und sie warfen sich flach auf ihre Gesichter
そして、彼らは顔を伏せた

Man hörte das Geräusch vieler Schritte
たくさんの足音がしました

Alice sah sich um, begierig darauf, die Königin zu sehen
アリスは周りを見回して、女王に会いたくてたまりませんでした

Am Anfang des Zuges standen zehn Soldaten
行列の始まりには10人の兵士がいました

Ihre Hände und Füße waren in den Ecken
彼らの手と足は隅にありました

und in ihren Händen und Füßen waren Keulen
そして、彼らの手と足にはこん棒がありました

Als nächstes kamen die zehn Höflinge
次に来たのは10人の廷臣たちです

die Höflinge waren über und über mit Diamanten geschmückt
廷臣たちは全身にダイヤモンドで飾られていました

Nach den Höflingen kamen die königlichen Kinder
廷臣たちの後には、王族の子供たちが来ました

Es waren zehn der königlichen Kinder
王室の子供たちは10人いました

und alle königlichen Kinder waren mit Herzen geschmückt

そして、すべての王の子供たちはハートで飾られていました

Dann kamen die Gäste; Meist Könige und Königinnen
次に来たのはゲストでした。主に王と女王

und unter den Königen und Königinnen sah Alice jemanden
そして、王様と女王様の間でアリスは誰かを見ました

Sie sah wieder das weiße Kaninchen, das sie gejagt hatte
彼女は追いかけた白ウサギを再び見た

Der Prozession folgte der Spitzbube der Herzen
行列はハートの小片に続いた

Er trug die Krone des Königs
彼は王冠を背負っていました

und die Krone des Königs lag auf einem purpurnen Samtkissen
そして、王の王冠は真紅のベルベットのクッションの上にありました

Und dann kam das Ende dieser großen Prozession
そして、この大行列の終わりが来ました

Und da waren am Ende der König und die Königin der Herzen
そして最後には、ハートの王様と女王様がいました

der Zug kam Alice gegenüber
行列はアリスとは反対に来ました

Und alle blieben stehen und sahen sie an
そして、彼らは皆立ち止まって彼女を見た

Und die Königin sprach streng: "Wer ist das?"
するとお妃様は厳しく言いました、「これは誰だ?」

Sie sagte es zum Herzknaben
彼女はそれをハートのナイフに言った

aber er verbeugte sich nur und lächelte als Antwort
しかし、彼はただお辞儀をして微笑んで答えた

Alice sprach sehr höflich
アリスはとても丁寧に話しました

"Mein Name ist Alice, also bitte, Eure Majestät"
「私の名前はアリスです。陛下、お願いします」

Aber sie hatte andere Gedanken für sich

しかし、彼女は自分自身に別の考えを持っていました
"Es ist doch nur ein Kartenspiel!"
「結局のところ、彼らはただのカードのパックです!」
»Kannst du Krocket spielen?« rief die Königin
「クロケットができる?」と女王は叫びました
Die Frage war offenbar an Alice gerichtet
その質問は明らかにアリスに向けられたものでした
"Ja!" sagte Alice laut
「うん!」アリスは大声で言った
"Komm also spielen!" brüllte die Königin
「じゃあ、遊びに来て!」女王は吠えました
sprach eine schüchterne Stimme zu Alice
臆病な声がアリスに話しかけた
"Es ist ein sehr schöner Tag!"
「とてもいい日ですね!」
Sie ging an dem weißen Kaninchen vorbei
彼女は白ウサギのそばを歩いていました
und das weiße Kaninchen guckte ihr ängstlich ins Gesicht
そして白ウサギは心配そうに彼女の顔を覗いていました
»ein sehr schöner Tag,« bestätigte Alice
「本当にいい日ね」とアリスは確認しました
»Wo ist die Herzogin?«
「公爵夫人はどこだ?」
»Still! Still!" sagte das Kaninchen
「静かに!「静かに!」とウサギは言いました
"Sie ist zum Tode verurteilt"
「彼女は死刑判決を受けている」
»Wofür wird sie hingerichtet?« fragte Alice
「彼女は何のために処刑されているの?」とアリスは尋
ねた
"Sie hat der Königin die Ohren abgewetzt", begann das
Kaninchen
「彼女は女王の耳を擦った」とウサギは話し始めた
schrie die Königin mit Donnerstimme
女王は雷鳴のような声で叫んだ
"Ran an eure Plätze!"

「自分の場所に行け！」
Und die Leute rannten in alle Richtungen herum
そして、人々は四方八方に走り回り始めました
Und sie fielen alle aneinander
そして、彼らは皆、互いにぶつかり合いました
Sie hatten sich jedoch in ein oder zwei Minuten beruhigt
しかし、彼らは1分か2分で落ち着きました
Und dann begann das Spiel
そして、ゲームが始まりました
Alice hatte noch nie einen so merkwürdigen Krocketplatz
gesehen
アリスはこんなに不思議なクロケット場を見たことがな
かった
Das Gras bestand nur aus Graten und Furchen
草は全部尾根と畝でした
Die Krocketbälle waren echte Igel
クロケットボールは本物のハリネズミでした
und die Schlägel waren echte Flamingos
そして、木槌は本物のフラミンゴでした
und die Soldaten standen auf Händen und Füßen
兵士たちは手足で立っていました
weil die Bögen aus ihren Körpern gemacht wurden
アーチは彼らの体から作られたからです
Die Spieler spielten alle gleichzeitig
プレイヤー全員が一度にプレイしました
Niemand wartete, bis er an der Reihe war
誰も彼らの順番を待たなかった
und jeder stritt sich mit jedem
そして、誰もが誰とでも喧嘩しました
und alle kämpften für die Igel
そして、全員がハリネズミのために戦っていました
Bald geriet die Königin in eine wütende Leidenschaft
すぐに女王は激情しました
Und sie fing an, herumzustampfen und zu schreien
そして彼女は足を踏み鳴らし、叫び始めました
»Hacken Sie ihm den Kopf ab!«

「彼の頭を切り落とす！」
"Hack ihr den Kopf ab!"
「彼女の頭を切り落とす！」
"Hackt ihnen alle Köpfe ab!"
「奴らの頭を全部切り落とす！」
Wieder dachte Alice bei sich.
アリスはまたもや心の中で思いました
"Sie lieben es schrecklich, hier Menschen zu enthaupten"
「彼らはここで人々を斬首するのが恐ろしいほど好きです」
"Das große Wunder ist, dass überhaupt noch jemand am Leben ist!"
「素晴らしい驚きは、生き残った人がいるということです！」
Sie sah sich nach einem Ausweg um
彼女は何か逃げ道を探していました
Sie bemerkte eine merkwürdige Erscheinung in der Luft
彼女は空中に奇妙な外観があることに気づきました
»Es ist die Cheshire-Katze,« sagte sie zu sich selbst
「チェシャーキャットだ」と彼女は独り言を言いました
"Jetzt habe ich jemanden, mit dem ich reden kann"
「さあ、話し相手がいるよ」
"Wie geht es dir?" fragte die Katze
「調子はどうだい？」と猫は言いました
»Ich glaube nicht, daß sie ganz und gar fair spielen«, sagte Alice
「彼らが公平にプレーしているとはまったく思わない」とアリスは言った
Und sie hatte einen ziemlich klagenden Ton
そして、彼女はかなり不平を言う口調をしていた
"Sie streiten sich alle so fürchterlich"
「みんなひどく喧嘩する」
"Man hört sich selbst nicht sprechen"
「自分の声が聞こえない」
"Und sie scheinen sich nicht an irgendwelche Regeln zu halten"
「彼らは何の規則も守っていないようだ」

「そして、彼らはどんなルールにも従わないように思えます」
die Katze stellte Alice mit leiser Stimme eine Frage
猫は低い声でアリスに質問をしました
"Wie gefällt dir die Königin?"
「女王様はどうですか?」
»Ich mag sie gar nicht,« sagte Alice
「あの子は全然好きじゃない」とアリスは言った

Alice dachte, sie könnte genauso gut zurückgehen
アリスは戻った方がいいと思った
Sie wollte sehen, wie das Spiel läuft
彼女は試合がどうなっているかを見たかったのです
Sie machte sich auf die Suche nach ihrem Igel
彼女はハリネズミを探しに出かけました
Der Igel war damit beschäftigt, gegen einen anderen Igel zu kämpfen
ハリネズミは別のハリネズミと戦うのに忙しかった
Das war eine ausgezeichnete Gelegenheit
これは素晴らしい機会でした

Sie konnte einen Igel mit dem anderen krocketen
彼女は1匹のハリネズミをもう1匹でクロケットすること
ができました
Aber ihr Flamingo war auf der anderen Seite des Gartens
しかし、彼女のフラミンゴは庭の反対側にいました
Der Flamingo war ziemlich tollpatschig
フラミンゴはかなり不器用でした
Ihr Flamingo versuchte, gegen einen Baum zu fliegen
彼女のフラミンゴは木に飛んで行こうとしていました
Sie packte den Flamingo am Bein
彼女はフラミンゴの足をつかんだ
Und sie schob sich den Flamingo unter den Arm
そして彼女はフラミンゴを腕の下にしまい込みました
So konnte der Flamingo nicht mehr entkommen
そうすれば、フラミンゴは二度と逃げられませんでした
In diesem Augenblick traf Alice zufällig die Herzogin
ちょうどその時、アリスはたまたま公爵夫人に会った
Die Herzogin war nun aus dem Gefängnis entlassen worden
公爵夫人は今、刑務所から出ていました
Sie schob ihren Arm liebevoll unter Alices Arm
彼女は愛情を込めてアリスの腕の下に腕を押し込んだ
Und dann gingen sie zusammen fort
そして、彼らは一緒に歩き去りました
Alice war sehr froh, sie in so angenehmer Laune zu finden
アリスは、彼女がこんなに気持ちいい感じでいるのを見
つけて、とてもうれしかったです
Sie erschrak jedoch ein wenig
しかし、彼女は少し驚いていました
Sie hörte die Stimme der Herzogin dicht an ihrem Ohr
彼女は耳の近くで公爵夫人の声を聞いた
"Du denkst über etwas nach, meine Liebe"
「君は何か考えているんだね」
"Und das lässt dich das Reden vergessen"
「それで話すのを忘れてしまう」
»Das Spiel geht jetzt etwas besser«, sagte Alice
「今はゲームがかなり良く進んでいる」とアリスは言っ

た
Es war eine Möglichkeit, das Gespräch am Laufen zu halten
それは会話を続けるための1つの方法でした
»So ist es,« sagte die Herzogin
「確かにそうです」と公爵夫人は言いました
"Und die Moral davon ist folgende."
「そして、その教訓はこれです。」
"Es ist die Liebe, die alles macht!"
「すべてを成し遂げるのは愛です!」
"Liebe ist das, was die Welt bewegt"
「愛こそが世界を動かしている」
Alice hatte eine andere Erklärung
アリスは別の説明をしました
"Das macht jeder, der sich um seine eigenen
Angelegenheiten kümmert!"
「それは、誰もが自分のことを気にしているからだ!」
»Ah, gut! Du könntest Recht haben"
「ああ、まあ!君の言う通りかもしれない」
»Es bedeutet alles ziemlich dasselbe,« sagte die Herzogin
「それはすべてほとんど同じことを意味します」と公爵
夫人は言いました
und sie grub ihr spitzes kleines Kinn in Alices Schulter
そして彼女は鋭い小さな顎をアリスの肩に食い込ませま
した
"Und die Moral davon ist folgende"
「そして、その教訓はこれです」
"Kümmere dich um die Sinne"
「感覚を大事にする」
"Und dann erledigen sich die Klänge von selbst"
「そうすれば、音は自然に解決する」
Aber dann fing der Arm der Herzogin an zu zittern
しかし、その時、公爵夫人の腕が震え始めました
Alice blickte auf und da stand die Königin
アリスが顔を上げると、そこには女王様が立っていまし
た
Die Königin hatte die Arme verschränkt

女王は腕を組んでいました
Und sie runzelte die Stirn wie ein Gewitter!
そして彼女は雷雨のように眉をひそめていました！
»Ich warne dich!« schrie die Königin
「私はあなたに公正な警告をします」と女王は叫びました
Und sie stampfte auf den Boden, während sie sprach
そして彼女は話しながら地面を踏み鳴らしました
"Entweder dein Kopf oder ihr Kopf muss ausgeschaltet sein"
「あなたの頭か彼女の頭がずれているに違いない」
"Treffen Sie Ihre Wahl!"
「お好きな方を選んでください！」
"Und beeilen Sie sich"
「そして、それについて迅速に」
Die Herzogin traf ihre Wahl
公爵夫人は彼女の選択をしました
und in einem Augenblick war die Herzogin verschwunden
そして一瞬のうちに、公爵夫人は去りました
Da sprach die Königin zu Alice
それからお妃様はアリスに話しかけました
"Weiter geht's mit dem Spiel"
「さあ、ゲームを続けよう」
Alice war zu erschrocken, um ein Wort zu sagen
アリスは怖くて一言も言えませんでした
und langsam folgte sie ihrem Rücken zum Krocketplatz
そして彼女はゆっくりと彼女の後を追ってクロケット場
に戻った
Die ganze Zeit stritt sich die Dame mit den anderen Spielern
その間ずっと、女王は他のプレイヤーと喧嘩していまし
た
»Hacken Sie ihm den Kopf ab!«
「彼の頭を切り落とす！」
"Hack ihr den Kopf ab!"
「彼女の頭を切り落とす！」
"Hackt ihnen alle Köpfe ab!"
「奴らの頭を全部切り落とす！」

Bald waren alle Spieler in Gewahrsam
すぐにすべての選手が拘束されました
nur der König, die Königin und Alice blieben zurück
王様とお妃様とアリスだけが残りました
Da ging die Königin, ganz außer Atem
それから女王は息を切らして去っていきました
und sie ging mit Alice fort
そして彼女はアリスと一緒に立ち去りました
Alice hörte, wie der König leise etwas sagte
アリスは王様が静かに何かを言うのを聞いた
"Ihr seid alle begnadigt"
「君たちは皆、恩赦された」
aber plötzlich hörte man einen neuen Schrei
しかし、突然、別の叫び声が聞こえました
"Der Prozess beginnt!"
「裁判が始まります！」
und Alice lief mit den andern
そしてアリスは他の人たちと一緒に走りました

Wer hat die Torten gestohlen?
タルトを盗んだのは誰ですか?

Der Herzkönig und die Herzkönigin saßen
ハートの王様と女王様が座っていました
sie saßen auf ihrem Thron, als Alice ankam
アリスが到着したとき、彼らは王位にいました
Eine große Menschenmenge war um sie herum versammelt
彼らの周りには大勢の人が集まっていました
Es gab allerlei kleine Vögel und Bestien
いろんな小鳥や獣がいました
Und da war das ganze Kartenspiel
そして、カードのパック全体がありました
Der Spitzbube stand in Ketten vor ihnen
その騎士は鎖につながれて彼らの前に立っていた
und auf jeder Seite war ein Soldat, der ihn bewachte
そして、彼を守るために両側に兵士がいました
in der Nähe des Königs war das weiße Kaninchen
王様の近くには白ウサギがいました
Er hatte eine Trompete in der einen Hand
彼は片手にトランペットを持っていました
Und in der andern Hand hielt er eine Pergamentrolle
そして、もう片方の手には羊皮紙の巻物を持っていました
In der Mitte des Platzes stand ein Tisch
コートの真ん中にはテーブルがありました
Auf dem Tisch stand eine große Schüssel mit Torten
テーブルの上には大きな皿に盛り込まれたタルトが置かれていました
"Ich wünschte, sie würden den Prozess zu Ende bringen",
dachte Alice
「裁判が終わったらいいのに」とアリスは思いました
"Dann könnten wir etwas von diesen Erfrischungen essen!"
「じゃあ、その軽食を食べよう!」

Der Richter war übrigens der König
ところで、裁判官は王様でした
und er trug seine Krone über seiner großen Perücke
そして、彼は大きなかつらの上に王冠をかぶっていました
»Das ist die Loge der Geschworenen!« dachte Alice
「あれが陪審員席だよ」とアリスは思いました
"Und diese zwölf Geschöpfe, ich nehme an, sie sind die Geschworenen"
「そして、その12人の生き物は、彼らが陪審員だと思います」
einige waren Tiere, andere waren Vögel
動物もいれば、鳥もいました
In diesem Augenblick schrie das weiße Kaninchen auf
ちょうどその時、白ウサギが叫びました
"Schweigen im Gericht!"
「法廷に静寂を!」
»Herold, lesen Sie die Anklage!« sagte der König
「伝令よ、告発を読め!」と王は言った

Das weiße Kaninchen blies drei Stöße auf die Trompete
白ウサギはトランペットを3回吹き鳴らしました
dann entrollte er die Pergamentrolle
それから彼は羊皮紙の巻物を広げました
Und er las folgendes:
そして、彼は次のように読みました。
"Die Königin der Herzen, sie hat ein paar Torten gebacken."
「ハートの女王、彼女はタルトを作りました」
"All das tat sie an einem Sommertag"
「彼女が夏の日にやったことすべて」
"Der Schurke der Herzen, er hat diese Torten gestohlen"
「ハートのナイフ、彼はそのタルトを盗んだ」
"Und er hat diese Torten weit weg gebracht!"
「そして、彼はそのタルトを遠くに持っていった！」
»Rufen Sie den ersten Zeugen,« sagte der König
「最初の証人を呼んでください」と王は言いました
und das weiße Kaninchen blies drei Stöße auf die Trompete
そして、白ウサギはトランペットを3回吹き鳴らしました
»Bringt den ersten Zeugen!« rief er
「最初の証人を連れてこい！」彼は叫んだ
Der erste Zeuge war der Hutmacher
最初の目撃者は帽子職人でした
Er kam mit einer Teetasse in der einen Hand herein
彼は片手にティーカップを持って入ってきた
Und in der anderen Hand hatte er ein Stück Brot und Butter
そして、もう片方の手にはパンとバターを持っていました
»Du hättest fertig sein sollen,« sagte der König
「お前は終わらせるべきだった」と王様は言いました
"Wann hast du angefangen?"
「いつから始めたの？」
Der Hutmacher schaute sich den Märzhasen an
帽子職人はマーチノウサギを見ました
Der Märzhase war ihm in den Hof gefolgt
三月うさぎは彼を追って宮廷に入った

Er war Arm in Arm mit dem Siebenschläfer gegangen
彼はヤマネと腕を組んで歩いていた
»Ich glaube, es war der vierzehnte März«, sagte er
「3月14日だったと思う」と彼は言った
»Geben Sie Ihre Aussage,« sagte der König
「証拠を出せ」と王様は言いました
"Und sei nicht nervös, sonst lasse ich dich auf der Stelle hinrichten"
「そして、緊張しないでください。さもないと、その場で処刑します」
Das schien den Zeugen überhaupt nicht zu ermutigen
これは、証人を全く励ましそうにではなかった
Er rutschte immer wieder von einem Fuß auf den anderen
彼は片方の足からもう片方の足へと動き続けた
und er sah die Königin unruhig an
そして彼は不安そうに女王を見ました
und in seiner Verwirrung biß er ein großes Stück aus seiner Teetasse
そして、混乱の中、彼はティーカップから大きなピースを噛みちぎりました
Eigentlich wollte er von seinem Brot und seiner Butter beißen
本当は彼はパンとバターを噛むつもりだった
In diesem Augenblick fühlte Alice eine sehr merkwürdige Empfindung
ちょうどその時、アリスはすごく不思議な感覚を感じました
Sie fing an, wieder größer zu werden
彼女は再び大きくなり始めていました
Der unglückliche Hutmacher ließ seine Teetasse fallen
惨めな帽子職人は彼のティーカップを落としました
und das Brot und die Butter fielen zu Boden
そして、パンとバターは地面に落ちました
und er fiel auf die Knie
そして彼は片膝をついて倒れた
»Ich bin ein armer Mann, Eure Majestät,« begann er

「私は貧しい男です、陛下」彼は話し始めた
»Du bist ein sehr schlechter Redner,« sagte der König
「お前は話すのがとても下手だな」と王様は言いました
»Du darfst gehen,« sagte der König
「行ってもいいよ」と王様は言いました
und der Hutmacher verließ eilig den Hof
そして帽子職人は急いでコートを去りました
»Rufen Sie den nächsten Zeugen her!« sagte der König
「次の証人を呼べ！」と王様は言いました
Der nächste Zeuge war die Köchin der Herzogin
次の証人は公爵夫人の料理人でした
Sie trug die Pfefferdose in der Hand
彼女は手にペッパーボックスを持っていました
Und die Leute in der Nähe der Tür fingen auf einmal an zu
niesen
そして、ドアの近くにいた人々が一斉にくしゃみを始め
ました
»Geben Sie Ihre Aussage,« sagte der König
「証拠を出せ」と王様は言いました
»Ich will nichts beweisen,« sagte die Köchin
「証拠は出さないよ」とコックは言った
Der König sah das weiße Kaninchen ängstlich an
王様は心配そうに白ウサギを見つめました
Und das weiße Kaninchen sprach mit leiser Stimme
そして白ウサギは静かな声で話しました
"Eure Majestät müssen diesen Zeugen ins Kreuzverhör
nehmen"
「陛下はこの証人を尋問しなければなりません」
»Nun, wenn ich muß, so muß ich,« sagte der König
「まあ、もしそうしなければならないなら、そうしなけ
ればならない」と王様は言いました
"Woraus bestehen Torten?"
「タルトは何でできているの？」
»Torten werden meistens aus Pfeffer gemacht«, sagte die
Köchin
「タルトは主にコショウでできています」とコックは言

いました
Einige Minuten lang war der ganze Hof in Verwirrung
数分間、裁判所全体が混乱していました
Schließlich ließen sie sich alle wieder nieder
結局、彼らは再び落ち着きました
Aber da war die Köchin schon verschwunden
しかし、その頃にはコックは姿を消していました
»Macht nichts!« sagte der König
「気にしないで！」と王様は言いました
"Rufen Sie den nächsten Zeugen in den Zeugenstand"
「証言台に次の証人を呼べ」
Alice beobachtete das weiße Kaninchen, wie es an der Liste herumfummelte
アリスは、白ウサギが手探りでリストをめくるのを見ていました
Sie können sich vorstellen, wie überrascht sie war, als sie das hörte, was sie als nächstes hörte
次に聞いた音に驚いた彼女の姿が想像できます
Mit lauter schriller kleiner Stimme rief er den Namen »Alice!«
彼は甲高い小さな声で「アリス！」という名前を呼びました。

Alices Beweise
アリスの証拠

»Hier!« rief Alice
「ほら！」とアリスは叫びました
Sie sprang in großer Eile auf
彼女は大急ぎで飛び上がった
und sie kippte die Geschworenenloge um
そして彼女は陪審員席をひっくり返しました
und sie warf alle Geschworenen um
そして彼女はすべての陪審員を倒しました
und sie fielen auf die Köpfe der Menge unten
そして、彼らは下の群衆の頭に落ちました
Alice war in großer Bestürzung
アリスはひどく落胆していました
»Oh, ich bitte um Verzeihung!« rief sie aus
「ああ、ご容赦ください！」彼女は叫んだ
»Der Prozeß kann nicht fortgesetzt werden,« sagte der König
「裁判は進めない」と王は言った
"Die Geschworenen müssen wieder an ihre angestammten Plätze zurückkehren"
「陪審員は適切な場所に戻らなければならない」
Er wiederholte den Befehl mit großem Nachdruck
彼は非常に強調して順序を繰り返しました
und er sah Alice streng an
そして彼はアリスを厳しく見つめました
"Was weißt du über diese Ereignisse?" fragte der König Alice
「これらの出来事について、あなたは何を知っているの？」と王様はアリスに尋ねました
»Ich weiß nichts von der Sache,« sagte Alice
「その件については何も知らない」とアリスは言った
Dann las der König aus seinem Buch vor
その後、王は彼の本を読みました
"Regel zweiundvierzig"
「ルール42」
"Alle Personen, die mehr als eine Meile hoch sind, sollen

das Gericht verlassen"
「1マイル以上の身長の人は全員、裁判所を出ることに
なっている」
»Ich bin keine Meile hoch,« sagte Alice
「僕は1マイルも高くないよ」とアリスは言った
»Fast zwei Meilen hoch,« sagte die Königin
「高さは約2マイルです」と女王は言いました

»Nun, ich weigere mich zu gehen,« sagte Alice
「うーん、行くのは断る」とアリスは言った
Der König erbleichte
王様は青ざめました
und er schloß hastig sein Notizbuch
そして彼は急いでノートを閉じた
»Überlegen Sie sich Ihr Urteil«, sagte er zu den
Geschworenen
「あなたの評決を考えてみてください」と彼は陪審員に
言った
Er sprach mit leiser, zitternder Stimme
彼は低く、震える声で話した
Da sprach das weiße Kaninchen

すると白ウサギが口を開いた
"Es werden noch mehr Beweise kommen"
「まだまだ証拠は出ています」
und er sprang in großer Eile auf
そして彼は大急ぎで飛び上がりました
"Dieses Papier wurde gerade abgeholt"
「この論文がちょうど取り上げられました」
"Es scheint ein Brief des Gefangenen zu sein"
「囚人が書いた手紙のようです」
Er faltete das Papier auseinander, während er sprach
彼は話しながら紙を広げた
"Es ist doch kein Brief"
「やっぱり手紙じゃないんだよ」
"Was es war, war eine Reihe von Versen"
「それが何だったかというと、一組の詩だった」
»Bitte, Eure Majestät,« sagte der Spitzbube
「お願いします、陛下」と騎士は言いました
"Ich habe diese Verse nicht geschrieben"
「あの詩は私が書いたのではない」
"und sie können nicht beweisen, dass ich etwas geschrieben habe"
「そして、彼らは私が何かを書いたことを証明できない」
"Am Ende ist kein Name unterschrieben"
「最後に署名された名前はありません」
Der König sprach mit dem Spitzbuben
王様は騎士に話しかけました
"Du musst vorgehabt haben, Unheil anzurichten"
「何か悪戯をするつもりだったんだろうな」
"Sonst hättest du wie ein ehrlicher Mann unterschrieben"
「そうでなければ、正直な男のように自分の名前に署名していただろう」
Es gab ein allgemeines Händeklatschen
手を叩く声が一斉に上がった
Und der König wandte sich an das weiße Kaninchen
そして王様は白ウサギに向き直りました

»Lest die Verse!« befahl er.
「詩を読め」と彼は命じた
Es herrschte Totenstille im Gerichtssaal
法廷には静寂が漂っていた
und das weiße Kaninchen las die Verse vor
そして、白ウサギが詩を読み上げました
Sie sagten mir, du wärst bei ihr gewesen
彼らはあなたが彼女のところに行ったことがあると私に
言いました
Und sie erwähnten mich ihm gegenüber
そして、彼らは私を彼に紹介しました
Sie gab mir einen guten Charakter
彼女は私に良い性格を与えてくれました
Aber sie sagte, ich könne nicht schwimmen
でも、彼女は私が泳げないと言いました
Er ließ ihnen wissen, dass ich nicht gegangen sei
彼は私が行っていないと彼らに知らせを送りました
Wir wissen, dass es wahr ist
私たちはそれが真実であることを知っています
Wenn sie die Sache vorantreiben sollte, was würde aus dir
werden?
もし彼女が問題を押し進めたら、君はどうなるの?
Ich gab ihr einen, sie gaben ihm zwei
私は彼女に1つ、彼らは彼に2つあげた
Du hast uns drei oder mehr gegeben
あなたは私たちに3つ以上を与えました
Sie sind alle von ihm zu dir zurückgekehrt
彼らは皆、彼からあなたのところに戻ってきました
obwohl sie vorher meine waren
彼らは以前私のものでしたが
Wenn ich oder sie die Chance haben sollte,
もし私または彼女が万が一だったら
Wenn ich oder sie in diese Affäre verwickelt wäre
もし私または彼女がこの事件に巻き込まれていたら
Er vertraut auf dich, dass du sie befreien wirst
彼はあなたが彼らを自由にすることを信頼しています

Genau so wie wir waren
まさに私たちがそうであったように
Ich hatte den Eindruck, dass Sie
私の考えでは、あなたはそうだった
Bevor sie diesen Anfall hatte
彼女がこの発作を起こす前
Ein Hindernis, das dazwischen kam
間に立ちはだかる障害
Er und wir und es
彼と私たち自身、そしてそれ
Lass ihn nicht wissen, dass sie ihr am besten gefallen haben
彼女が一番好きだったことを彼に言わないでください
Denn dies muss für immer ein Geheimnis bleiben, das vor allen anderen verborgen bleibt
なぜなら、これは永遠に秘密であり、他のすべての人々から守られなければならないからです
Dieses Geheimnis muss ein Geheimnis zwischen dir und mir bleiben
この秘密は、あなたと私の間の秘密のままでなければなりません
Der König war sehr beeindruckt
王様はとても感動しました
"Das ist das wichtigste Beweisstück, das wir bisher gehört haben"
「それは私たちがこれまでに聞いた中で最も重要な証拠です」
»Ich glaube nicht, daß diese Verse auch nur ein Atom Bedeutung haben,« wandte Alice ein
「あの詩には意味のかけらもないと思う」とアリスは反論した
der König hatte seine eigene Meinung zu dieser Angelegenheit
国王はこの問題について彼自身の意見を持っていました
"Wenn diese Worte keinen Sinn haben, erspart das eine Menge Ärger"
「その言葉に意味がなかったら、世界が困る」

"Dann brauchen wir nicht zu versuchen, den Sinn zu finden"
「それなら、意味を見つけようとする必要はありません」
"Lassen Sie die Geschworenen über ihr Urteil nachdenken"
「陪審員に彼らの評決を考えさせてください」
»Nein, nein!« sagte die Königin
「いや、いや!」と女王は言いました
"Erst die Verurteilung, dann das Urteil"
「量刑が先で、評決は後」
"Zeug und Unsinn!" sagte Alice laut
「くだらないことばかげている!」とアリスは大声で言いました
"Wie dumm ist es, den Angeklagten zuerst zu verurteilen!"
「被告に最初に判決を下すなんて、なんてばかげているんだ!」

»Schweige!« sagte die Königin und färbte sich violett an
「舌を押さえて!」女王は紫色に変わりながら言いました
"Ich werde nicht den Mund halten!" sagte Alice

「舌を噛まない!」とアリスは言った
schrie die Königin aus voller Kehle
女王は声の限りに叫んだ
"Hack ihr den Kopf ab!"
「彼女の頭を切り落とす!」
Niemand machte eine Bewegung
誰も動きをしなかった
"Wen kümmert es, was du sagst?" sagte Alice
「誰があなたの言うことを気にするの?」とアリスは言った
Zu diesem Zeitpunkt war sie bereits zu ihrer vollen Größe herangewachsen
この頃には、彼女はフルサイズに成長していました
"Du bist nichts als ein Kartenspiel!"
「お前はただのトランプだ!」
Bei diesen Worten hoben sich alle Karten in die Luft
このとき、すべてのカードが空中に浮かび上がりました
und alle Karten flogen auf sie herab
そして、すべてのカードが彼女に飛んできた
Sie stieß einen kleinen Schrei aus
彼女は小さな悲鳴を上げた
Sie war halb erschrocken, aber auch wütend
彼女は半分怖かったが、同時に怒っていた
Und sie versuchte, sich gegen die Karten zu wehren
そして、彼女は自分自身からカードを撃退しようとしました
Und dann fand sie sich auf der Grasbank liegend
そして、彼女は自分が草の土手に横たわっていることに気づきました
Ihr Kopf lag im Schoß ihrer Schwester
彼女の頭は妹の膝の上にありました
Einige abgestorbene Blätter waren auf ihrem Gesicht gelandet
彼女の顔には枯れ葉が落ちていました
und ihre Schwester wischte vorsichtig die Blätter weg
そして彼女の妹は優しく葉を払い落としていました

»Wach auf, liebe Alice!« sagte die Schwester

「起きて、アリス!」と姉が言った

"Was für einen langen Schlaf hast du gehabt!"

「なんて長い眠りだったんだろう!」

"Oh, ich habe so einen merkwürdigen Traum gehabt!" sagte Alice

「あら、こんなに不思議な夢を見ちゃったの!」とアリスは言いました

Und sie erzählte ihrer Schwester alles, woran sie sich erinnern konnte

そして、彼女は覚えている限りのことを妹に話しました

all die seltsamen Abenteuer, von denen Sie gerade gelesen haben

あなたがちょうど読んでいるすべての奇妙な冒険

Alice stand auf und rannte davon

アリスは起きて走り去りました

Und während sie lief, dachte sie an ihren Traum

そして、走りながら、自分の夢について考えました

"Was für ein wunderbarer Traum das gewesen war!"

「なんて素晴らしい夢だったんだろう!」

www.tranzlaty.com